KB261122

김용택의
교단일기

김용택의 교단일기

7

김용택 지음

문학동네

■ **일러두기**
'김용택의 섬진강 이야기'는 1948년부터 2012년까지 섬진강 마을의 역사와 사람살이를 기록한
산문집이다. 마을 사람들의 정서와 언어를 훼손하지 않기 위해, 입말과 방언은 표준어로 고치지
않고 살려 썼으며, 지역명은 현 행정구역명과 다를 수 있다.

덕치초등학교

내가 학교에 입학한 날

운동장에는 군인들이 훈련을 받고 있었다.

전쟁 때 교실은 불타고 없었다.

운동장가 벚나무에 흑판을 매달아놓고

공부를 했다.

비가 오면 집으로 갔다.

겨울이 되자, 천정이 없는 교실로

눈이 내렸다.

아이들이 눈을 바라보았다.

우리 반은 열여덟 명이었다.

한 아름이 넘는 살구나무에 꽃이 피었다.

내가 선생이 되어 덕치초등학교에 부임했을 때

아이들이 700명이 넘었다.

아이들과 공을 차고 놀랐다.

내 아름으로 한 아름이 넘는 살구나무에

노란 살구들이 열렸다. 살구가 노랗게 익을 때까지 지키느라 힘

들었다.

전교생에게 다섯 개씩 나누어주고도 남았다.

내가 학교를 그만둘 때 아이들이 모두

서른아홉 명이었다. 우리 반은 세 명이었다.

살구나무 살구꽃이 아이들 수만큼 줄어들었다.

살구나무는 내가 학교를 그만둔 이듬해에 베어졌다.

초등학교 6년

선생으로 31년

나는 덕치초등학교에서

37년을 살았다. 보라색 오동꽃이 피고 노란 꾀꼬리가 울면

우리들은 얼마나 행복했던가.

할말이 별로 없는 내 평생이,

베어진 살구나무 아래

노란 살구로 묻혀 있다. 풋살구 같은

아이들이,
덕치초등학교가
여한도 미련도 없는
내 인생의 전부였다. 내가 처음 생각한 대로 나는
끝까지 잘 살았다.

2013년 1월

김용택

하루하루를 기록하다

이 일기는 내가 선생 노릇을 그만두려 하다가 다시 교단에 서며 쓴 글들이다. 나는 감동 없는 일상을 못 견뎌한다. 어린이들에게 나는 늘 새로워야 했고, 어린이들 앞에 서서 나는 늘 살아 있는 생명 자체로 싱그러워야 했다. 그런데 언제부턴가 아이들 앞에 선 내 자세는 구태의연했고, 내 생각은 타성에 젖어 고루했으며, 사랑은 열정이 식어 시들해졌고, 일상은 무기력하고 지루하기만 했다. 그러니까 이 일기는 내가 나에게 채찍질을 한 부끄러운 글이다.

또 봄이 가고 있다. 나이 스물두 살에 교단에 서면서 나는, 선생 노릇으로 한평생 행복하자고 다짐했다. 싱싱한 어깨, 까만 머리의 푸른 내 청춘 앞에 앉아 있는 코흘리개들을 보며, 아이들과 함께 인생을 시작했으니 머리가 하얗게 셀 때까지 아이들과 함께 살기로 다짐했다. 그런 삶도, 그런 한평생도 아름다울 수 있으리라는 생각을 했다. 지금도 그 생각에는 변함이 없다.

일기는 논리적이지도 않고, 학문적이거나, 전문적이거나, 이론적인 글이 아니다. 하루 동안 떠도는 자기 생각을 두서없이 기록한 글이다. 서툴고 어색하고 유치하고 남이 보면 부끄러운 자기반성과 쇄신의 기록이 일기 아닌가.

교실 앞 놀이터에 살구나무가 한 그루 있다. 내가 이 학교에 입학할 때 이 나무는 청년이었다. 이제 나무는 아름드리가 되어 늙어간다. 늙은 몸에도 꽃을 다문다문 피운다. 오래된 가지에 꽃을 피우면 때론 고졸하고, 때론 고색창연해 보인다. 살구나무 살구꽃을 보며 나는 봄마다 얼마나 까닭 없이 설렜던가. 잘 살아온 나무다. 그 살구나무에 올해도 꽃이 피었다가 졌다.

아이들이 뛰어노는 운동장, 그 땅을 달리는 아이들의 튼튼한 발길들을 나는 오늘도 바라본다.

2006년 봄, 내가 태어나 자란 덕치초등학교 2학년 교실에서
김용택

차례

2학기

8월 23일 ~ 12월 29일

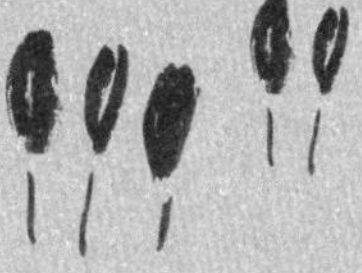

개학이다.

아이들 얼굴이 하나하나 떠오른다.

다은이, 현수, 예영이, 하영이, 종현이, 희창이, 강수, 용민이, 은희, 한빈이.

비가 와서 학교 앞 강물이 불어났다.

매미들이 울고, 학교 뒤꼍에 호박들이 누렇게 익었다.

아이들 얼굴이 반갑다.

현수가 달려온다.

복도에서 만난 아이들을 불러 모두의 손을 잡아준다.

학교가 아침 풀밭같이 싱그럽다.

교실을 청소하고 책을 정리하고 우편물도 정리한다. 우편물 정리하는 일도 큰 일과다.

교실에 오니 좋다. 나는 교실에 있어야 제대로 사는 것 같다. 아이들 떠드는 소리가 좋다.

1학년 선생이 늦게 출근을 하는 바람에 1학년 교실에 가서 2학기 교과서를 나누어주고 수학 문제를 풀게 했다.

제대로 선생 노릇 해야겠다. 사람을 만들어야지……

아이들 기죽이지 말고 의젓하고 마음이 풍요로운 사람을 길러야 한다.

하루를 꽉 차게 보내야 한다. 교육은 위대하고 교육자는 더 위대하다. 사람을 만들고 사람답게 다듬어가야 한다. 우선 내가 사람이 되어야 한다. 든든한 인격자. 전인적인 인격을 가진 사람이.

숙제 검사를 했는데 은희, 강수가 방학 동안 하루도 일기를 쓰지 않았다.

매미들이 운다. 가을이다.

종현이, 다은이, 한빈이는 방학 전에 달달 외우던 구구단을 다 까먹고 왔다. 환장하겠다. 열받아 한 대씩 쥐어박았다. 그래도 열이 식지 않는다. 이것 참……

교육자로서 마음가짐과 자세를 새롭게 가다듬어야 한다. 누가 뭐래도 내 길을 당당하고 떳떳하고 의연하게 걸어가는 선생이 되기를, 그런 인간이 되기를 다시 굳게 다짐하자.

아이들에게 진실과 정직을 보여주자. 그중에서 내가 지금 제일 먼저 준비해야 할 것은 아이들에 대한 성실함이다. 잊지 말자. 명심하고 다짐하자. 성실함.

아침에 출근해서 어제 전학 온 희창이 책상 정리하고, 아이들 자리도 키순으로 바꿔주었다. 시골로 전학 온 아이들이 우리 학교만 해도 열 명이 넘는다. 부모님의 이혼이나 가정의 파탄 때문에 외갓집으로 온 아이들을 보면 가슴이 아프다. 다 내가 가르친 아이들의 아들딸들 아닌가. 이 아이들을 보고 있노라면 아이들 아버지와 어머니 얼굴이 하나하나 떠오른다. 문제다. 이혼으로 인한 결손가정 속에서 자라는 아이들이 급속도로 늘어나고 있어 심각한 사회문제가 되고 있다.

희창이가 와서 우리 반은 이제 열 명이 되었다. 제법 교실이 그득하다. 요 근래 내 교사 생활에서 가장 많은 아이들이다. 한 명 한 명을 새로 들여다본다. 아이들이 너무 많아도 안 되지만 너무 적으면 더 좋지 않다. 아이들이 적으면 갈등 조정 능력을 기를 수 없다. 오늘은 기분이 넉넉해진다. 매우 좋다.

희창이는 아버지와 단둘이 살 예정이다. 아버지와 아들이 운동장을 걸어가는 쓸쓸한 모습을 보다가 외면한다. 화단에 샐비어꽃이 붉고 백일홍꽃도 붉다. 저 아이에게 따뜻하고 자애로운 사람이 되어야겠다.

어제 숙제 안 해온 놈들 숙제 검사를 했다. 종현이, 한빈이는 구구단을 제법 또렷하게 외운다. 방학 동안 일기를 하루도 쓰지 않은 강수는 8월 1일부터 4, 5일만 쓰고 8월 23일치를 썼다. 너무 빤한 속셈에 웃음을 참을 수가 없다. 은희는 6일치를 기억해서 썼다. 용서하기로 한다.

타성에 젖은 교사 생활이 이 일기를 통해 새로이 거듭나기를 나는 나에게 원한다. 지루한 일상이 되어서는 안 된다. 활기차고 생동감 넘치는 날들이 되어야 한다. 선생은 자기 자신과 아이들에게 늘 새로운 사람이어야 한다. 그래야 삶도 스스로에게 빛을 발하리라.

앞산이 짙푸르다. 여름 끝이다. 계절 끝은 아름답다. 있는 힘을 다하기 때문이다. 앞산을 바라본 지 몇십 년이 되었다. 나는 저 산을 바라보며 평생을 살았다. 산은 변함없고 말도 없다. 저 앞산에 있는 밭 곁에서 많은 사람들이 농사짓고 살다가 누구는 떠나가고 또 누구는 죽었다. 밭가에는 해마다 무덤들이 하나둘 늘어났다. 나는 계절별로 그 모습을 봐왔다. 내게는 아름다운 계절이 되풀이해 공연되는 연극 무대 같은 앞산이었다. 그런데도 나는 늘 새롭게 감동하며 살았다.

산아! 고맙고도 고맙다.
산아! 매미가 운다.
매미 울음소리가 어쩐지 쓸쓸하다. 한물갔다.
가을 소리, 가을 모습 들은 쓸쓸타.

햇살도 있고 약간 흐리기도 함

종현이가 『수학 익힘책』과 『수학』 책을 잃어버렸다. 세상에, 책 나눠준 지 하루 만에 책을 잃어버리다니, 말문이 막힌다.

전학 온 희창이더러 아침에 구구단을 외워보라고 하니 하나도 못 외운단다. 어제 집에 가서 뭐 했냐고 물으니 기억이 없단다. 이런! 깜짝 놀라 아침밥 먹었느냐고 했더니 이 또한 기억이 없단다. 교무실로 달려가 희창이 아버지에게 전화로 사정 이야기를 했다. 아버지 말로는 순간을 모면하려는 잔꾀란다. 희창이는 부모님과 헤어져 친척집에서 눈치만 보면서 자랐다고 했다.

난 아직도 이런 아이들을 보면 막막하다. 어떻게 해야 할지 모르겠다. 너무 깊이 상처받은 아이들의 영혼을 치유하기란 참으로 힘들다. 인간 사회의 기본인 가정이 파괴되면 가족들은 서로에게 너무나 깊이 상처받는다. 이 어린 영혼을 어떻게 달래 평안한 신뢰의 일상으로 끌어올린단 말인가. 내게 지워진 짐이 무겁고 겁난다. 그래도 힘내자.

종현이, 희창이, 거짓말을 한 한빈이 때문에 또 화를 냈다. 화내면 안 되는 줄 알면서도 화가 먼저 치민다. 화로 해결되는 일은 별로 없다. 특히 아이들 일은. 그렇게 혼이 나고도 아이들은 금방 또 "선생님!" 하며 달려든다. 그럴 때면 코끝이 찡해진다. 애들아, 내가 잘못했다.

나무랄 때도 절대 감정을 앞세워선 안 된다. 따사로운 자애의 마음을 깊이 간직하고 나무라야 한다. 교단은 자기 인생을 수업하는 고난도 수련 도장이다. 교사는 스스로 위대한 인격자가 되려고 노력하지 않으면 안 된다.

아침에 세찬 소낙비

아침에 출근해서 현관에 들어서니 다은이 동생 다해가 엎드려 신발을 신고 있었다. 놀리려고 "너, 누구여?" 그랬더니 "나, 언니 동생이요" 한다.

"누구 언니?"

"우리 언니요."

"그려?"

아이들이 일기를 꼬박꼬박 써왔다. 잔소리가 아이들을 바로 세운다. 아마 일기에 대해 나는 35년 동안 거의 날마다 같은 이야기를 했을 것이다. 어린이들과 몇십 년을 지내며 반복하는 잔소리가 나도 지겨워질 때가 있다. 잔소리하는 습관이 버릇이 되어 나를 잘게 만들기도 했다. 자잘한 일에 신경을 곤두세우고 지나치게 신경을 집중하기도 한다. 고치려고 해도 잘 안 된다. 그래서 선생 똥은 개도 안 먹는다고 했는지 모른다.

전학 온 희창이가 신나게 구구단을 외고 있다. 금세 6단까지 외워 버린다. 나도 덩달아 신이 난다. 사람을 바라보는 겁먹은 눈이 서서히 풀리길 바란다, 희창아!

종현이가 또 책을 잃어버렸다. 오늘은『생활의 길잡이』다. 세상에, 이럴 수가! 거짓말 같다. 정말 어처구니가 없다. 저놈은 도대체 왜 저러는 거여!

오늘도 이런저런 일로 아이들에게 화를 냈다. 그러면 안 되는 줄 알지만 그래도 터져나오는 화를 어찌할 것인가. 화내면 찜찜하다.

오후에 있었던 일이다. 손님을 보내고 물을 마시러 교무실에 갔더니, 학교 보조교사가 우리 반 강수 집 인터넷 사용료가 25만 원이 나왔다는 얘기를 해준다. 놀라서 자세히 들어보니, 강수와 1학년 채훈이와 중학교 2학년 형이 강수네 인터넷을 사용했단다. 기절할 일이다.

강수는 할머니와 단둘이 산다. 25만 원 남짓이면 엄청난 돈이다. 가정 형편이 어려운 강수네 컴퓨터는 학교에서 사주었다. 한 달 사용료도 학교에서 일정 금액을 부담한다. 현수에게 물어보니, 강수

할머니가 신발로 마루를 치며 강수 때문에 못살겠다고 우셨단다. 강수에게 물어보았다. 강수 입에서는 나도 잘 모르는 컴퓨터용어가 자연스럽게 튀어나온다. 날마다 몇 시간씩 컴퓨터 앞에 매달려 있었고, 어떤 날은 새벽까지 컴퓨터를 했단다. 성인 사이트, 음란 사이트를 돌아다녔단다. 강수 얼굴에 핏기가 없고, 흐늘거리기도 했던 이유를 이제야 알겠다. 미칠 일이다. 환장할 일이다.

요즘 아이들이 괴물로 보일 때가 있다. 우리 일상의 저쪽에서 일어나는 이 괴물 같은 가상세계가 인간성을 말살하고 사람을 괴물로 만든다. 끔찍하다. 하루하루 남의 집 일을 해주고 품삯 받아 사는 강수 할머니를 생각하니 눈시울이 붉어진다. 강수도 할머니가 돈을 갚으셔야 한다고 말하며 닭똥 같은 눈물을 떨어뜨린다. 강수가 가고 난 빈 교실에 앉아 가슴이 멍해진 채 내일 강수네 집에 가봐야겠다는 생각을 했다.

뒤뜰 숲에서 풀벌레들이 운다. 진정 가을이 왔다.

활짝 개고, 아침에 선선한 바람

아침에는 선선하고 낮에는 무덥다. 화단에 샐비어꽃이 활짝 피었다. 살구나무 잎들은 벌써 누렇다. 내가 평생을 다닌 학교다. 생각하면 온갖 일이 다 떠오른다. 그때 저 교실 앞 소나무 가지에 매달려 놀던 아이들이 지금은 어른들이 되었다. 저 풍경들이 때론 낯설고 때론 새롭다. 늘 보던 것들을 낯설고 새롭게 볼 수 있다는 건 내 장점이다.

강수 문제를 선생님들과 의논했다. 인터넷을 차단하거나 컴퓨터를 회수하는 수밖에 없다. 날이면 날마다 인터넷에 들어가 싸움과 주먹질을 보느니 그냥 노는 게 낫다. 그냥 산 보고, 그냥 들 보고, 그냥 하늘 보고, 그냥 혼자 심심한 게 훨씬 낫다. 심심하면 할머니 일하는 곳에 가든지, 이웃 현수네 집에 놀러 가는 게 훨씬 낫다.

　오후에는 햇살이 진짜 투명하다. 진짜 맑다. 거울처럼 맑아서 강 건너 밭에 있는 곡식들이 손에 잡힐 것 같다. 매미들이 울어댄다. 아이들이 날아가는 새와 나무와 꽃 그림을 그린다. 꽃들이 아이들 도화지에서 살아나는 모습, 새가 날아가는 하늘을 오래도록 보고 서 있었다.

맑음

예영이가 학교에 안 왔다. 쌍둥이인 하영이에게 물어봤더니 새벽부터 배가 아팠단다. 한 명만 안 와도 교실이 텅 빈 것 같다.

아침에 강수 작은아버지께 전화해서 일단 인터넷을 끊으시라고 했다. 가슴이 아프다. 강수는 마음이 더 괴로울 것이다. 그래도 그렇게 하는 게 백번 낫다. 필요하면 다시 설치하면 되니까. 강수 마음이 어떨지 자꾸 걸린다. 강수는 월요일부터 학원에 다닌단다. 순창으로 다닌다니 그 또한 염려가 된다. 강수가 버스를 기다리며 정류소에서 어떻게 시간을 보낼지 걱정이다. 그래도 강수가 원하니, 나도 허락하기로 했다.

개학한 지 일주일이 지났다. 그동안 쓴 일기를 다시 읽어보니 일도 많고 탈도 많았다. 하루하루 탈이 없으면 아이들이 아니다. 아이들에게 아무 문제도 없다면 그게 더 큰 문제다. 그런데 사실 문제를 일으키는 것은 늘 어른들이다. 공부 잘하고 많이 배운 사람들일수록 더 큰 사회문제를 일으킨다. 아이들 앞에서는 늘 나에게 문제가 있다. 일주일을 반성해보자. 우리 학급에서 제일 잘못한 사람은 나다. 내 잘못은 내가 제일 잘 안다.

나는 참 복이 많은 사람이다. 내가 진메 마을에서 태어나 자란 것, 우리 어머니에게서 태어난 것, 아내를 만난 것, 초등학교 선생이 된 것, 문학과 예술을 사랑하며 사는 것을 나는 인생에서 최고 잘한 일로 여긴다. 내 인생이 이처럼 큰 복을 받았기에 나는 늘 '사랑하고 감동하고 희구하고 전율하며' 살았다. 나는 언제나 삶은, 인생은 별것 아니라고 생각해왔다. 누구나 언젠가는 죽는다. 죽으면 그것으로 끝이다. 나는 작고 단순하고 소소하게, 그냥 조용히 나무처럼 살고 싶었으나 그러지 못하고 있다. 그래서 번잡하고 쓸데없는 것들로 번민하고 괴로워한다. 생각해보면 아무것도 아닌데, 부질없는 것들인데 많은 시간을 그런 일에 할애하고 마음을 쓴다.

그럴 것 없다. 단순하고 작게 살려고 노력해야 한다. 난 늘 돌아갈 것이다. 문학을 하면서, 진메 마을에 살면서 맛보았던 그 아름다운 고립과 외로움으로, 그리고 어머니 곁으로.

나는 내게 문제가 있을 때마다 어머니를 생각하며, 어머니라면

이 일을 어떻게 처리하실까 하고 스스로에게 물어본다. 앞으로도 늘 그럴 것이다. 산을 안고 물을 달래는 어머니의 저 오래된 인내와 삶의 초연함을 난 배워야 한다. 어머니는 내가 선생님이 된 것을 이 세상 그 어떤 일보다 기뻐하셨다. 그 기쁨을 안고 나는 끝까지 선생으로 살아가고 있다. 어머니는 결코 경우에 어긋나는 일은 하지 않으셨다. 사람에 대한 예의를 어머니는 어기지 않으셨다.

오늘은 강수 일로 마음이 착잡했다. 나는 무엇이든지 결국은 바르게 고쳐왔다.

흐림, 태풍이 온다고 한다

아침에 학교에 오니 아이들 여럿이 복도 쪽 창문에 붙어 시끄럽다. 다가가 보니, 유리창 밖에 커다란 왕거미집이 부서져 있고, 왕거미는 죽은 듯이 대롱대롱 매달려 있다. 누가 거미집을 이렇게 망가뜨렸느냐고 물었다. 5학년 학생이었다. 이마에 꿀밤을 한 대 먹였다.

"너희 집을 누가 이렇게 부숴버리면 넌 어떻게 할래?"

거미는 그때까지 죽은 척 매달려 있었다. 어린 시절 저런 거미줄에 참새가 걸려 있기도 했다. 삼대 끝에 삼각형을 만들어 거미집을 감아 매미, 잠자리를 잡던 일이 생각난다. 어린 시절 일은 다 그립다. 학교 운동장을 뛰놀던 동무들 얼굴이 잠깐 스쳐간다.

어느 날 새들이 벚나무 가지에 앉아 있는 걸 봤다. 나는 동무 한

명과 함께 돌을 주워 새에게 힘껏 날렸다. '퍽!' 하는 소리가 난 후 새가 깃털을 날리며 빙글빙글 떨어졌다. 발 앞에 툭 떨어진 새를 보다가 우리 둘은 얼굴을 마주 보았다. 그때 놀라워하던 친구 표정이 지금도 잊히지 않는다. 초등학교 2학년 때 일이다.

대학입시요강이 바뀌었다. 교육을 바로잡는 새로운 제도가 될 수 있을까? 교육 문제를 생각하면 가슴부터 답답해진다.

내 아이만 최고라고 생각하는 부모들의 이 철저한 이기주의가 나는 무섭다. 무조건 남들을 밟고 넘어가야 산다는 이 동물적인 본능이 나는 두렵다. 경쟁이 극대화된 야만성 앞에서 사람이 제대로 사람의 정신으로 서 있을 땅은 없다. 무서운 경쟁력이 지배하는 이 사회가 나는 무섭고 겁이 난다. 너도 잘살고 나도 잘살자는 게 아니라 오로지 나 하나만 잘살아야 한다는 이 반사회적인 심보가 정말 치떨리게 무섭다.

우리 사회에서 가장 중요한 것은 아이들에게 공동체적인 삶의 방식을 길러주는 것이다. 나 살고 너 죽는 식으로 무한 경쟁에서 벗어나지 못하게 하는 야만적인 방식이 아니라, 나와 너가 같이 어울려 사는 사회적인 책임감을 길러주는 교육이 필요하다. 제도도 거기에 맞추어야 한다. 경쟁에서 이겨 나만 사는 사회가 아니라 더불어 사는 것이 최고 가치가 되는 인간 교육이 되어야 한다.

경제가 최우선인 사회 가치는 인간다운 삶의 가치를 철저하게 망가뜨린다. 요즘 젊은이들이 아이 낳기를 거부하는 것을 보면 두려움이 엄습할 때가 있다. 젊은이들이 우리 사회의 가치 자체를 거부하는 것처럼 보이는 것이다. 그들은 우리가 사는 이 사회의 가치가 싫은 것이다. 그렇다면 우리에게 희망이 없다는 해석도 가능하다.

약간 선선한 바람이 불고, 맑음

아침에 학교에 오면 먼저 아이들에게 책을 읽으라고 한다. 날씨가 선선하면 나가 놀아도 되지만 날씨가 더우면 밖에 나가지 말고 책을 읽으라고 날마다 잔소리를 한다. 그래도 아침이 되면 도로아미타불이다. 잔소리를 잔뜩 늘어놓아도 이튿날 아침에 와보면 아이들은 언제 그런 말을 들었느냐는 듯이 그냥 놀고 있다. 몇 번씩이나 "책 읽어라, 책. 아, 책 한 권씩 찾아 읽어"라고 다그쳐도 들은 척도 안 한다. 화를 내고 몇 번 더 큰소리가 나고 잔소리를 하면 그제야 느릿느릿 책을 찾는다. 진짜 화가 난다.

오늘 아침도 다르지 않았다.

어제부터 전북대학교에서 김기현 선생이 강의하는 여택회에 나가 『주역』 강의와 한시漢詩 강의를 듣는다. 일주일에 한 번씩 학생이 되어 의자에 앉아 공부하니 편안하고 좋다. 한시나 『주역』을 해석할 때 나오는 글귀들이 나를 깨우쳐준다. 일주일에 하루만이라도 진지하게 공부하는 날이 있어야 한다. 일상을 맑게 씻고, 마음을 깨끗하게 닦을 필요가 있다. 사심 없는 마음을 늘 명경같이 닦아야 한다. 어떤 일이 있어도 강의에 참석하기로 다짐했다.

어제는 '다움'에 대한 강의가 있었다. 아버지다움, 선생다움에 대한 글들이 내게 참으로 깊이 다가왔다. 아이들 앞에 서 있는 나를 떠올리게 했기 때문이다. 마치 나 들으라는 말 같았다. 선생이 선생다워야 한다. 선생답게 행동해야 아이들이 내 앞에서 자유롭다. 내 앞에서 아이가 아이다운 행동에 제약을 받는다면, 그것은 내 잘못이다.

아직도 날씨가 덥다.

아이들과 청소한다.

아이들은 제대로 청소를 할 줄 모른다.

쓸지도 못하고 닦지도 못한다. 교실을 쓸게 하면 차례차례 한 군데씩 쓰는 것이 아니라 이곳저곳 순서도 차례도 없이 돌아다니며 쓸고 닦는다. 시키지 않으면 아무것도 못한다. 열흘이 가도 한 달이 가도 일 년이 가도 아침마다 늘 새잡이다. 교실에 떨어져 있는 휴지 한 장 줍는 아이를 나는 여태 보지 못했다. 주우라고 해야 마지못해 줍는다. 35년 동안 나는 같은 말을 하고 산다.

현수의 일기

강수가 없는 길

학교가 끝나고 집에 갈 때 나는 혼자다.

강수가 순창으로 고려학원에 갔기 때문이다.

강수야 불러도 강수가 없어서 대답을 못한다.

강수가 없는 길이어서 조용하다.

아이, 심심해. 난 혼자다.

강수가 있었으면 좋겠다.

강수야! 나 심심해 죽겠다. 나랑 놀자.
강수가 없으니 진짜 허전하다.

강수의 일기

버스

오늘은 학원 끝나고 5시 30분 차를 타고 집에 왔다. 왜냐하면 정현이 형이랑 같이 가자고 약속을 했기 때문이다. 그런데 내가 정현이 형이 말하는 형호 형의 비밀을 듣다가 이발소에서 안 내렸다. 그런데 문영이 누나가 안 내리냐고 해서 서원가든 옆에 있는 한양약방에서 내렸다. 문영이 누나가 말을 안 했으면 회문리까지 갈 뻔했다.

형호 형의 비밀이 너무 웃겼다. 형호 형이 할머니 집에 가서 똥통에 빠졌다.

길가에 구절초꽃이 피었다. 현수가 혼자 걸어서 집에 간다. 노랗게 익어가는 벼이삭들은 논두렁 너머 넘실넘실 찰랑거리며 익어가고, 시냇물 흐르는 파란 하늘 아래 넓은 들길을 현수가 가방 메고 혼자 걸어간다. 구절초꽃이 핀 들길을. 논의 벼들이 하루가 다르게 익어간다. 좋은 햇살이다. 잘 여물어가는 곡식들을 보면 참 좋다. 현수가 혼자 걸어가는 쓸쓸한 들길, 눈부신 햇살이 현수 뒤를 따른다.

어느 날 느닷없이 복도 양쪽 끝에 복도를 채울 정도로 커다란 거울이 걸렸다. 정말 이해할 수 없는 일이다. 왜 그 큰 거울이 복도 양쪽 끝 벽에 걸려 있어야 하는지는 아무도 모른다.

말하자면 이런 식이다. 선생님들의 의사와는 아무 관계 없이, 그리고 한마디 상의도 없이, 교실에 필요한 물건인지 아닌지를 물어보지도 않고 교장은 무작정 학습용품들을 사다가 안긴다. 이런 어처구니없는 일들이 비일비재하다.

비민주적 학교 운영은 고질병이 되어버린 문제다. 선생님들은 말한다. 초등학교는 어떻게 보면 아직도 교장의 학교라고. 봉건적이고 전근대적이다. 지루하고 낡고 고루한, 푹 썩은 후진성이 불치병처럼 아직도 교육계 한 귀퉁이에 음흉하게 도사리고 앉아 기승을 부린다.

길가에 벼들이 노랗게 익어간다. 밤송이들도 하루가 다르게 굵어진다.

러시아에서 일어난 테러와 그 진압 과정을 보며 광포함이 극에 달한 우리 시대의 참담한 비극을 온몸으로 느낀다. 테러의 야만성은 이제 갈 데까지 갔다. 어린이와 여성은 인질로 잡지 않던 시대는 갔다. 공포에 질린 아이들이 벌거벗은 채 사고 현장에서 뛰어나오는 모습을 바라보는 전 세계 사람들은 참담함에 치를 떨었으리라. 이건 야만이다. 늘 그렇듯이 재난과 전쟁과 테러에서 가장 먼저, 가장 많이 피해를 보는 것은 죄 없는 어린이들이다. 자신을 보호할 아무런 힘도 갖추지 못한 어린이들을 인질로 잡은 인질범들, 그리고 천 명도 넘는 어린이들이 있는 강당을 무차별 폭격한 진압군들을 바라보며 우리는 경악을 금치 못한다. 저건 살육이다. 세계인들 모두가 보는 앞에서 벌어진 저 영화 같은 총질에 사람들이 피를 흘리며 죽어간다. 그래도 우리는 그저 보고만 있을 뿐이다.

이런 일들은 먼 나라 이야기도 아니고, 남의 나라 이야기도 아니다. 내 앞에서 일어나고, 내 주위에서 일어나고, 바로 내게 닥치는 일이다. 이런 사태를 놓고 미국의 대통령인 조지 부시는 외친다. 테러와의 전쟁은 끝이 없을 거라고.

오늘날 사람은 무엇으로 살아야 할까. 이제 우리는 생명, 평화, 사랑이라는 말을 잃었다. 우리가 바라볼 이상향은 이제 없다.

내 앞에 앉아 있는 순진한 우리 반 아이들을 다시 바라보게 된다.

인류는 정신의 끝에, 낭떠러지에 서 있다. 그곳에 다다랐다. 늘 아찔한 기분이다.

흐림, 태풍이 온다고 함. 선선함

다은이가 일기를 일주일간 써오지 않았다.

왜 안 써왔느냐니까 7시부터 9시까지 주산을 배운다고 한다. 알고 보니 다은이가 거짓말을 했다. 주산 학원은 7시 반에 시작해서 9시에 끝난다. 30분 일찍 시작하는 것처럼 거짓말을 한 것이다.

아이들은 이렇게 금방 탄로가 날 거짓말을 태연스레 한다. 거짓말을 입증할 증거를 뚜렷하게 대지 못하는 것은 어린이나 어른이나 같다.

우리 반 쌍둥이인 하영이와 예영이는 시도 때도 없이 싸운다. 동생인 예영이가 언니인 하영이를 꼼짝 못하게 한다. 오늘도 공부 시간에 예영이가 하영이를 내가 보는 앞에서 쥐어박고 두드려 팼다. 언니 하영이는 맞고 나서 삐죽삐죽 짜고 운다. 못 싸우게 하면 나를 빤히 쳐다보면서 책상 밑에서 발길질을 하며 싸운다. 쌍둥이 싸우는 것을 보고 있으면 웃음이 절로 나온다.

초등학교 학부형이 자기 아이를 잘 봐달라고 돈봉투를 선생에게 준다는 소리, 돈봉투를 받고 노골적으로 아이들을 괴롭히는 교사가 있다는 소리를 나는 많이 들었다. 중학교도 그렇고 고등학교도 그렇다. 모두 자기 자식만 잘 봐달라며 돈을 주고, 그러겠다며 돈을 받는다. 교감이 되려고 교무는 교장과 교감에게 돈을 바친다. 안 바치면 노골적으로 원한다. 교감은 교장이 되는 데 필요한 점수를 받으려고 교육장에게 돈을 주고, 교장은 도시의 큰 학교로 가려고 교육감에게 돈을 바친다. 이게 사실이라면? 큰일이다. 교육장이 되려고, 높은 자리로 가려고 이렇게 돈을 주고받는 곳이 다른 곳이 아니라 교육의 현장이라는 것에 나는 놀랍다.

이러고도 우린 교육을 하겠답시고 아이들 앞에 선다. 아이들 앞에 서서 옳은 소리는 다 하고, 아이들이 못돼먹었다고 큰소리치고, 사회문제들을 개탄하고 우려하고 처방한다. 돈을 주고받는 일은 우리 교육 현장에서 공공연한 비밀이라고 한다. 그 비밀이 나는 정말 거짓말이기를 바란다. 세상천지에 어떻게 그런 일이 다 있겠는가.

바람 불고 비 뿌리다

태풍이다. 잘 가꾸어 잘 익어가는 벼들이 온전해야 할 텐데.

어제에 이어 오늘도 체육시간에 아이들과 운동장에서 놀았다. 아이들이 무척 즐거워하고 재미있어한다. 늑목 오르내리기, 쇠기둥 타기, 매달려 사다리 건너기, 외나무다리 건너기, 철봉 매달리기, 달리기 등을 했다. 운동장에서 아이들과 놀면 아이들과 친해질 기회가 많이 생긴다. 닭싸움을 시키고 즐거워하니 아이들이 내 곁에 와서 아무렇지도 않게 내 손을 잡고, 내 허리도 껴안는다. 이 아이들과 즐거운 날들이 될 것 같다.

생각해보면 나는 아이들을 너무 나무라기만 한다. 화를 낼 때도 많다. 그런 나를 아이들이 먼저 안다. 아이들과 친한 친구처럼 지내기를 늘 바라면서도 실은 아이들을 멀리할 때가 많았다. 진실하고 성실하게 아이들을 대하자. 그러면 아이들이 내게 오리라. 아이들에게 아름답고 고운 사람이 되자. 향기로운 바람을 일으키며. 그러면 나는 내가 된다. 그러며 나는 산다. 푸른 하늘 아래에서.

수학 문제를 잘 못 푸는 종현이와 한빈이에게 특히 잘하자. 큰소리로 혼내지 말고. 새로 온 희창이는 날 잘 따른다. 혼을 내도 기죽지 않고 사근사근하다. 그런 아이들이 좋다. 집에 가서도 자기 아버지더러 선생님이 친구 같고 아버지 같다고 했단다. 희창이는 내 곁에 앉아서 무슨 말을 하며 "선생님, 선생님" 하다가 내 옆구리를 찌르며 자기도 모르게 "아빠! 아빠!" 하고 부를 때가 있다. 내가 아이 얼굴을 보며 "나는 니 선생이다" 그러면 아이가 얼굴을 붉히며 웃는다. 다은이도 이따금 그런다. 그럴 때 나는 기분이 매우 좋아진다. 아! 기분이 좋다. 모든 아이에게 그렇게 되도록 노력하자. 아이들이 재미있고 즐거운 시간을 갖게 하는 것은 전적으로 내게 달렸음을 명심하자. 푸근하고 너그럽고 재미있는 선생님이 되어야 한다.

선생은 가르치면서 동시에 배운다.
가르치는 게 내 공부가 되어야 한다.

선생은 늘 새로 태어나야 한다.

아이들 앞에 늘 새로워야 한다.

아이들 눈처럼 세상이 늘 새로 보여야 한다.

그게 사랑이고 감동이고 삶이다.

사랑과 감동은 한몸이다.

사랑만이 세상 모든 것을 다 담는 큰 그릇이다.

나는 날마다 사람 앞에 선다.

비 뿌리고, 태풍 큰 피해 없이 지나가다

○○이 아침에 세수를 안 하고 왔다.

오른쪽 볼에 침자국이 귀밑까지 하얗게 말라붙어 있다.

아주 뚜렷하다.

어젯밤 ○○이는 모로 누워 잠을 잔 모양이다.

아이들이 즐겁게 어울려 논다. 금방 싸우고 울다가도 또 금방 어울린다. 저렇게 크고 작은 갈등을 조절하고, 자기를 고쳐가야 한다. 자기를 죽이고 나를 다른 사람과 세상에 맞춰야 한다. 그게 사회다.

학교에서, 집에서, 사회에서 아이들에게 행복을 맛보게 해주어야 한다. 아이들을 왜 학교라는 곳에 모아두었는지를 생각해야 한다. 행복이 혼자 잘사는 데서 오는 게 아니라 함께 어울려 사는 데 있음을 맛보게 해주어야 한다. 행복을 맛본 아이들은 어른이 되어도 행복을 찾아 산다. 행복을 찾다가 없으면 행복을 만들어낸다. 창조적인 삶도 그런 데서 나온다. 사람들이 어울려 살 때 삶의 가치가 빛난다. 사람은 죽는다. 죽으면 남는 게 무얼까? 죽음을 생각할 때 사람은 나와 세상 앞에 겸허해진다. 어떻게 살아야 삶이 빛날까? 행복할까?

그게 우리 인류의 진보이고 역사다. 진보의 개념을 다시 써야 한다. 경제적인 부富를 찾는 것을 진보라고 할 수 없다. 안락과 편리한 생활은 대량 생산과 대량 소비를 부르고 그것은 자원 고갈을 부른다. 이로 인해 죽어가는 자연과 인간성을 진보라고 말할 수는 없다. 역사란 인류가 행복을 찾아가는 길의 기록이어야 한다.

종현이가 배가 아파 조퇴했다. 종현이 아버지에게 전화해서 데려가라고 했더니 나한테 말도 안 하고 운동장에 나가 있던 종현이를 싣고 부우웅 가버렸다. 종현이 아버지도, 고모도 내가 가르쳤다. 차 뒤꽁무니를 바라보니 욕이 절로 나온다. 썩을 놈, 얼굴 좀 보고 가면 안 되나?

예영이가 사흘째 일기를 안 써왔다. 얼굴색 하나 안 변하고 아주 늠름하다. 한 대 콱 때려주고 싶을 정도로 늠름하다.

현수 어머니가 다녀가셨다. 요즘 현수 학습 태도가 어떤지 알고 싶어하신다. 참 차분하고, 점잖고, 조심스러워하는 분이다. 아이들을 보는 눈이 바른 이라는 느낌을 받았다. 많은 어머니들이 내게 전화를 걸어온다. 대개 자기 아이에게 문제가 있다는 전화다. 그러면 나는 이렇게 말한다.

"대단히 죄송하지만, 혹시 어머니 자신에게는 문제가 없는지 두 시간만 생각해보시고 그래도 아이에게 문제가 있다고 생각하시면 전화를 주세요."

전화를 끊은 후엔 전화 생각은 완전히 잊는다. 지금까지 그 어떤 어머니도 다시 전화를 하지 않았기 때문이다. 말하자면 부모님에게 문제가 있었거나, 아니면 학교에 문제가 있었거나, 그도 아니면 우리 사회에 문제가 있는 것이다. 다시 생각해보면 어린이들에게 문제가 없다면 진짜 큰일이다. 하지만 그 문제를 확대해서 문제아로 만드는 것은 부모와 학교와 사회다. 아이에게 거는 크고 작은 어른들의 욕망이 아이들을 망친다.

훌륭한 사람 뒤에는 훌륭한 어머니가 있었다. 그 훌륭한 어머니가 아들에게 늘 무슨 말을 했을지 한번 생각해보자. 요즘 어머니들처럼 "야, 이놈아, 공부 못하면 저기 공사판 아저씨들처럼 살게 돼"라고 했을까? 아니면 "공부 못하면 시집 못 간다"처럼 인격 파탄적인 말을 했을까? 아마도 훌륭한 어머니라면 이렇게 가르쳤으리라.

"너는 이 세상 그 누구보다 귀한 사람이니, 너를 잘 가꾸고 정직해야 한다. 진실해야 한다. 적어도 너 혼자 잘 먹고 잘살려는 쩨쩨한 사람이 되어서는 안 된다. 인류를 위해 봉사하는 큰 산 같은 사람이 되어야 한다."

우리는 한석봉의 어머니 이야기를 자주 한다. 나는 어머니가 보고 싶어 밤길을 달려온 아들을 매몰차게 내치는 사랑을 배우라고 하고 싶다. 사랑을 베풀고, 사랑을 거둘 줄 모르는 사람들은 자식을 자신의 소유물로 생각한다. 아이는 인류의 자산이라는 생각을 해야 한다. 내 자식인 동시에 우리 인류의 아들딸이다. 아이들을 너무 감싸고돌지 말자. 내 자식을 소유물로 생각하지 말자.

강연할 일이 있으면 나는 학생들에게 꼭 이 말을 묻는다.

"우리는 왜 공부를 하는가?"

지금껏 이 질문에 바르고 옳은 답을 하는 학생을 보지 못했다. 대개가 돈을 많이 벌려고, 출세하려고, 좋은 대학에 가려고 정도가 고작이다. 아이들은 떳떳하고 당당하게 왜 공부하는지를 말하지도 못하면서 공부를 한다. 도대체 이 무슨 뚱딴지같은 일인가. 왜 공부를 하는지도 모르면서 공부를 하다니…… 이럴 수는 없다. 나는 늘 우리 아이들에게 정다운 선생님, 좋은 사람, 다정한 어른이 되려고 노력하며 살았다. 부모 노릇도 그리해야 하리라 믿는다.

나는 아들딸을 대학 보내 졸업시키고 시집 장가까지 보낸 어머니가 이 땅의 대통령이 한번 되어야 한다는 생각을 할 때가 있다. 아이 하나 대학 보내고, 졸업시켜 결혼시키고 나면 그 어머니는 이 땅의 정치, 경제, 사회, 교육, 문화에 도가 트일 거라는 생각 때문이다.

이 땅에서 자식 키우기가 얼마나 힘이 드는가. 세계에서 몇번째로 출산율이 낮다는 것, 우리 모두 다시 한번 생각해봐야 할 일이다.

현수 어머니의 태도 덕분에 많은 생각을 했다.

일상생활에서 일어나는 큰일이나 작은 일이나, 그 일에 대해 자기 나름대로 철학과 신념을 가지고 견해를 표시하며 사는 사람은 아름다워 보인다. 자기 생활과 삶의 범위를 넘어 세상일에 참견하고 허풍을 떠는 사람보다 이렇게 소소한 자기 책무를 거스르지 않으면서 따사로운 견해를 가지고 사는 사람들이 그립다. 어느 길모퉁이에 홀로 피어 있는 풀꽃만큼이나 그 모습은 아름다워 보인다.

그나저나 종현이 이놈 자식 괜찮은가 모르겠네.

흐린 날씨 속에서도 벼들은 샛노랗게 익어간다. 일 년 중 들녘이 가장 아름다운 나라가 된다.

오늘도 하영이와 예영이는 몇 번을 싸웠다. 점심시간에 식당에 가서 앉았더니 쌍둥이 중 언니인 하영이가 내 물잔에 물을 따라 가져다놓으며 동생 예영이 흉을 본다.

"예영이는요, 집에 가면요, 만날 엄마랑 나한테 어리광을 부려요."

"그래, 진짜 웃긴다. 만날 널 패면서."

"진짜 미워 죽겠어요."

"그럼 언제 우리 반 모두 네 편 들어줄 테니 한번 붙어서 패버리자."

"그래도 못 이겨요."

밥을 먹고 있는데 예영이가 오더니, 하영이 물을 떠다주며 언니 옆에 앉는다. 우린 예영이를 보며 웃었다. 예영이가 "왜?" 그런다. 우린 "그냥" 했다.

세찬 비

벼들이 노랗게 비를 맞았다. 학교 수돗가 옆 소나무, 예쁘고 큰 거미줄에 빗방울이 방울방울 하얗게 맺혀 있다. 마음이 산뜻해진다. 성스럽기까지 하다. 자연이다.

오늘 아침, "○○이가 세수 안 하고 이빨 안 닦아서 냄새가 난다"고 현빈이가 청소하면서 큰 소리로 외쳤다. 이런! 저번에도 세수 안 해서 뚜렷한 침자국이 공개됐잖아.

비가 참 잘 온다.
빗소리가 음악처럼 들린다.

맨땅에 떨어지는 빗소리.

그렇지, 저 소리는 나뭇잎에 떨어지는 빗소리.

그래, 저 소리는 물 고인 곳에 떨어지는 빗소리.

빗소리를 오래오래 듣는다. 참 좋네.

빗소리에 이따금 고개 돌려 산과 숲에 내리는 푸른 빗줄기도 바라본다.

빗소리 속에서 들려오는 또랑또랑 아이들 책 읽는 소리.

비 온다. 연일 비 오네, 비 고만 와도 되는데.

다은이가 교실에 들어서는 나를 보더니 "어? 선생님 머리 깎았네" 한다. 여우다. 다은이 눈이 참 예쁘다. 중국 영화배우 장쯔이 좀 닮았다. 나는 장쯔이를 좋아한다.

공부시간에 구급차 지나가는 사이렌 소리가 들려 내다보았더니, 군인들 실은 군용차가 백 대도 넘게 지나간다.

나에게 진실하고 정직하면 두려움은 없다. 불멸이다. 큰사람은 너그러운 사람이다. 자유로운 사람이다.

햇살이 좋다. 벼는 더 샛노랗게 익어가고 있다.
오후에 비가 올랑가 되게 후텁지근하다.

○○이 오늘도 세수 안 하고 이빨 안 닦고 왔다.

오늘 아침 교실에 가보니 애들이 창문도 안 열어놓고 뛰놀고 있다. 애들은 무엇이든 꼭 말을 해야 한다. 스스로 무엇 하나 하는 아이가 없다. 내가 청소도 하고, 휴지도 줍는다. 아이들 옆에서 청소를 하면 애들이 따라할 거라고? 천만에 말씀이다. 뭐가 잘못되었는지는 나도 잘 모르겠다. 내가 잘못 가르치고 있는 건가. 아니면 가정교육 탓인가. 아니면 우리 사회 병폐의 일종인가. 이 극단적이고 독단적인 자기본위주의가 어디서 시작되었고 어떡하다 콘크리트 벽처럼 단단하게 굳어져버렸는지 모르겠다. 아이들은 스위치를 콕

누르면 꺼지기도 하고 움직이기도 하는 로봇들 같다.

아이들과 재미있게 놀았다. 놀면서 아이들과 친해진다. 공부하면서 멀어진 아이들과 나 사이를 이렇게 뛰고 놀면서 벌충한다. 아이들에게 늘 미안하다. 잘 달래야지. 이렇게 나무라기만 하면 안 되지. 윽박지르지 말자고 다짐해도 잘 안 된다. 평생 그랬다. 성질이 못돼서다.

'공문 때문에 선생 못하겠다'는 말은 어제오늘 말이 아니다. 학교에서 나가는 많은 공문들 중엔 실은 거짓말로 만든 공문이 많다. 특히 교육 사례에 관한 공문은 더욱더 그러하다. 선생들은 이 거짓말 공문을 '글짓기'라고 한다. (글짓기라는 말이 나왔으니 말인데 아이들이 써온 동시나 글을 있는 그대로 교육청으로 보내는 일이 있을까. 실은 아이들 글도 선생이 다 손을 본 후에 보낸다. 그럴 바에야 왜 아이들 글을 응모하는가?) 선생님들은 도저히 학교에서는 실행할 수도 없고, 하지도 않은 교육활동을 '글짓기'를 해서 제출하느라 땀을 흘리고 투덜거리고 욕을 해댄다. 그리고 그러한 글짓기 공문이 책이 되어 쏟아진다.

군 교육청과 도 교육청, 교육부에서 하루가 멀다 하고 쏟아지는 각종 교육연구활동 도서들은 가히 홍수를 방불케 한다. 내용을 보면 가관이다. 작년에 지어 보냈던 연구 실적을 일부만 교묘하게 바꾸었을 뿐 내용도 거기서 거기다. 하기야 새로울 게 뭐가 있겠는가? 새롭다고 해서 누가 알아주기라도 하겠는가! (나는 지금까지 공문을 제출하려고 그런 책을 보는 사람은 봤어도, 자발적으로 읽는 교사는 단 한 명도 보지 못했다. 책이 손에 닿으면 나는 대충 목록이라도 본다. 교육에 활용되지도 않는 연구활동을 왜 책으로 만들어 배포하는가? 실적 때문이다. 무언가 했다는 표시가 있어야 하기 때문이다. 아, 말을 하면 뭐 하고 글을 쓰면 뭐 하겠는가. 내 입만 아프고 내 손만 아프다. 군 교육청들을 통합해야 한다.)

지금은 어떤지 모르지만 내가 알기로는 승진을 위한 점수 따기 논문들은 거의 다 그렇게 작년 것을 올해 것으로 이름만 바꾸고 통계 숫자만 바꾸어 작성한 것이라고 한다. 아니면 이 도道의 것이 저 도로 가고 저 도의 것이 이 도로 오는 식으로 연구논문, 연수논문 들이 돌고 돌았단다. 다들 그렇게 해서 점수들을 땄다.

자기 연구 실적도 아닌 글들을 가져다 점수를 따고도 전혀 부끄러운 줄을 모르는 게 우리 현실이다. 어디 이런 사실이 초등학교에만 국한되겠는가. 점수를 따려고 물불을 가리지 않는 이 천박한 출세주의가 판을 치는 한 악순환은 끝이 없으리라. 중고등학교, 대학에서도 이런 일이 숱하게 벌어지지 않는다고 누가 자신 있게 말할 수 있을까? 대학에서 논문을 사고판다는 말도 예부터 귀에 못이 박이도록 들었다.

　거짓말을 하고도, 남의 논문에 자기 이름을 붙여서 내고도 전혀 부끄러운 줄을 모르는 이 거짓말 같은 거짓말들이 대명천지에 버젓이 활개를 치고, 그런 거짓말 같은 사람들이 출세라는 것을 한다. 거짓말을 하고 나서 아이들 앞에 서서 무엇을 가르치는가. 거짓이 통하는 사회. 거짓이 판을 치는 사회, 요령으로 아이디어로 교육을 하는 사회…… 이것이 바로 우리 교육 현실이다. 싱그러움을, 활기를 잃어간 지 오래되었다. 우리 교육이.

어제에 이어 붉은 새벽노을을 봤다.
아침햇살이 투명하고 따가웠다.
오후에 흐림, 또 후텁지근함.

하영이와 예영이가 아침 9시 넘어서 학교에 왔다. 예영이는 늘 그렇게 늦는다. 두 아이 집은 엎어지면 코 닿을 학교 바로 밑 동네다.

우리가 시급히 청산하고 극복해야 할 것들이 어찌 친일 문제뿐이겠는가. 우린 근본적으로 아직 친일과 독재 시대를 크게 벗어나지 못했다. 우리의 이 누추하고 천박한 일상을 들여다보라. 패거리 문화, 우기기, 거짓말, 속이기가 판을 친다.

오늘도 교감이 뒷짐 지고 고양이 발걸음으로 복도를 순시한다. 완전히 완장 찬 일본 순사 폼이다. 그게 교내 장학이란다. 얼굴이 후끈거린다.

나는 오랫동안 초등학교에서 아이들과 같이 지냈다. 세상을 보는 눈도 좁고, 세상에 대해 아는 것도 없다. 무엇보다 나는 인간적인 결함이 많은 사람이다. 그러나 나는 내 앞에 있는 밥상에 반찬을 더 놓으려고 욕심 부리지는 않았다. 나는 승진을 꿈꾸지도 않았고 초등학교 선생 이상의 그 어떤 것도 사양해왔다. 내가 그렇게 세상을 모르는 시골 초등학교 선생이라고 해서 어떤 것이 옳고 어떤 것이 그르다는, 세상에 대한 사회적인 판단과 인간으로서의 위엄까지 포기하기는 싫다.

우리 교육의 장에 사람의 따뜻한 숨소리가 들리게 해야 한다. 인간 교육, 전인 교육, 인류의 희망인 생명과 평화를 사랑하며 진정한 가치를 찾는 교육이 이루어져야 한다.

적어도 나는 그런 생각을 하며 학교에 온다.

아침에 세찬 비, 굵은 비는 아니고
이슬비와 장대비의 중간 비

어머니는 비가 쏟아지는 모습을 보고 비가 참 차분하게 잘도 온다고 하셨다. 눈도 저렇게 잔잔하게 찬찬히, 차분하게 오는 눈이 있다. 비 오는 들판이, 비 오는 산이 좋다. 나는 저 비처럼 저 산처럼 저 들처럼 저 마을처럼 잔잔해지고 싶다.

아침에 오니 아이들이 창문을 다 열어놓고 청소를 하고 있다. 교실이 환하다. 청소를 다하고 또 논다. "청소를 다 했으면 책 봐야지" 하니 그제야 책을 본다. 늘 이런 식이다. 아이들의 일상이 이렇지 않으면 선생이, 학교가 뭣 땜시 있겠는가. 그러기에 초등학교는 아름다운 곳이다.

아이들 과자를 사왔다. 아이들이 좋아한다. 한 상자 남은 걸로 1학

년 아이들에게 한 개씩 나누어주었더니 과자 값보다 몇 배나 좋아
한다. 아주 아주 흐으뭇.

흐림, 오늘 또 비가 온다고 한다.

출근하니 운동장에서 놀던 아이들이 내 주위로 우르르 달려와 반
갑게 인사를 한다. 아이들이 이렇게 밝은 얼굴로 달려와 나를 에워
싸고 올려다보면 기분이 좋다. 활짝 개는 날씨처럼 마음이 상쾌해
진다. 이런 모습 때문에 여길 못 떠나고 이렇게 산다.

비

또 비 오네.

만날 비네.

비 오면 비를 다 맞는 풀, 나무, 고추, 감, 밤, 땅, 벼, 풀꽃, 새, 여치, 귀뚜라미, 거미와 거미집, 태극기, 지붕, 비닐하우스, 차, 우산이 아름답다. 비를 가만히 보고 있으면 나는 좋다.

학교 뒤꼍에서 지렁이 울고

밤송이 커졌네.

아침 조회 전 강수 눈 아프고

엄살쟁이 김다은 양호실 가더니, 점심시간 끝나도

안 오네.

흐림, 또 비 온다고? 가을비가 많기도 하다.

어제는 지리산에 갔다 왔다.

피아골 골짜기 곳곳에 물이 많이 불어나 흐르는 모양과 소리가 장엄했다. 물소리가 산을 때린다. 산이 울린다. 산이 울리는 소리는 판소리 같다. 늘 보아도 산은 지리산이다. 해 저문 날 산빛 또한 장엄했다. 저 저묾을 나는 늘 견디지 못했다. 산그늘이 내리면 파르르 살아나던 봄날 강변의 푸른 어둠 속에 풀잎과 풀꽃 들은 날 얼마나 긴장시켰던가. 검푸르게 살아나는 산과 산 사이의 팽팽한 긴장감과 나무와 나무 사이의 푸른 어둠은 날 얼마나 긴장시켰던가. 때로 나는 숨이 막혔다. 때로 나는 내 몸이 펑 터질 것만 같아서 강변을 헤매고 저문 뒷산을 올랐다. 저문 산에 꽃들이 희게 피어 있었다. 자연과 나 사이에 벌어졌던 보이지 않는 긴장과 갈등은 참으로 오랜 세월 지속되었다.

그리고 어느 때부터인가 나는 자연 현상과 화해했음을 알았다. 달빛이 방 안 가득 차올라도 나는 그냥 달빛을 받으며 평안하게 누워 있었고, 밤새워 우는 소쩍새 소리를 들어도 새소리 따라 자연스럽게 잠이 들었으며, 봄날 강변의 풀꽃들을 그냥 무심한 듯 바라보기도 했다. 그럴 때 나는 스스로에게 놀랐다.

나는 차츰차츰 깨달았다. 달빛이 달빛으로, 소쩍새 소리가 소쩍새 소리로, 꽃이 꽃으로, 저문 산이 저문 산으로 내게서 빠져나가 저만큼 편히 앉아 있었다. 나는 때로 놀라고 행복했다. 내가 길을 가면 산들이 나를 따라 걸어왔다. 때론 어린 산이, 때론 나보다 큰 산이 나를 따라 걸었고, 눈을 감으면 강물이 내 앞으로 유유히 흘러갔다. 비로소 자연과 화해했을 때 나는 자연 앞에 객관화되었다.

오! 이 위대한 자유여! 객관화는 사물이 남이 되는 게 아니라, 내가 산이 되고 산이 내가 되는, 때때로 산과 내가 하나 되는 것을 의미했다. 내가 산이 되던 그 순간들을 나는 설명할 수 없었다. 내 앞에 마주 앉아 나를 보며 웃고 있던 산을 내 어이 설명하리. 강변 가득 피어 나를 보며 웃고 있는 그 수만 송이 풀꽃들 따라 그냥 웃던 순간들이 어떻게 말이 되고 글이 되리. 나는 산에 편안히 앉아 흘러가는 강물을 무심히 바라볼 수 있을 때까지 산에 강에 살았다.

오랜 세월 나는 스스로 내 길을 만들어왔다. 그리하여 마침내 내가 이를 곳은 온전한 숨소리가 들리는 생명과 평화라는 이름이었다. 나는 산과 나무와 물과 풀들이 살아 숨쉬는 숨결을 느꼈으니까. 그 속에서 자유를 얻었으니까. 그리고 나는 살았다.

나의 내부 깊숙이 살아 숨쉬는 산, 나무, 풀의 숨소리를 나는 오늘도 듣는다. 산이여! 장엄하라, 산이여! 또 장엄하라. 해 넘어간 땅 위에 새로 살아나며 그 부드러운 선을 찾으러 저 세상에 또다른 산을 그리는 저문 산이여! 그리하여 장엄하라!

자욱한 안개

아침안개가 자욱하다. 안개 속 논가에 고마리 작은 꽃송이들이 울긋불긋 아름답다. 교문에 들어섰다. 용민이, 현수, 한빈이, 강수, 은희가 안개 속에서 놀다가 나를 보더니 일제히 얼굴을 돌리며 큰 소리로 인사를 한다. 꼭 고마리 꽃송이들 같다. 교실에 들어서니 희창이란 놈이 혼자 앉아 무엇인가 하고 있다. 들여다보았더니 일기를 쓴다. 어른이건 아이건 혼자 앉아 무엇인가 하고 있는 호젓한 모습이 예쁘다. 안개 낀 학교와 학교 둘레의 모습이 장엄하다. 그 장엄함 속 아이들 모습과 목소리는 얼마나 청량하고 신비로운가.

점심시간에 속이 불편해서 보건실에 가서 약을 먹고 나오는데, 다은이가 저쪽 복도 끝에서 나에게 달려온다.

"저 밥 많이 먹었는데요."

요사이 아이들이 밥을 너무 많이 남겨 밥 다 먹기를 지도하는 중이다. "잘했다"며 걷는데 다은이가 내 곁에서 나란히 걸으며 내 손을 잡는다. 작은 손이 따스하다. 구름 속에서 나온 햇살이 좋아 현관 밖으로 나오자 다은이도 따라 나온다.

"선생님 어디 가요?"

"으응, 햇빛 보러."

다은이도 따라 나와 나랑 나란히 햇볕 앞에 선다.

"아! 햇살이 참 좋다."

다은이가 감탄하며 하얀 운동장을 바라본다. 나와 나란히 서 있는 다은이를 보며 말했다.

"다은아."

"예."

"나는 다은이가 좋아."

"나도 선생님이 좋아요."

해가 구름 속으로 들어갔다 나왔다 하는 모습을 둘이 오래 보고 서 있었다. 이렇게 사람들이, 우리가 사는 세상이 다 좋을 때가 있다.

아침안개, 가을날 아침의 안개,
머리칼에 묻은 영롱한 이슬방울들.

소운동회 연습을 했다. 소운동회란 학부형들을 초대하지 않고 우리끼리 하는 운동회다. 아이들 진짜 말 안 듣는다. 옛날 600명이 할 때보다 지금 40명이 훨씬 힘들다. 통제가 안 된다. 남의 말을 듣지 않는 태도는 어른이나 아이나 똑같다. 진지함이 사라져버리고 천박한 호기심만 살아남아 세상에 번진다. TV가 크게 한몫한다.

전학 온 희창이가 의외로 아이들에게 적응을 잘한다. 심성이 매우 섬세하고 고운 아이다. 내게 무엇을 물어보는 태도가 아주 자연스럽고 거리낌이 없다.

강수가 부쩍 나에게 다가온다. 운동을 하다가 내가 의자에 앉아 있으면 저도 내 곁에 와서 앉으며 내 몸에 기댄다. 인터넷 사건으로 상한 마음이 가라앉은 모양이다.

무슨 일인가로 용민이를 호되게 나무랐다. 10분도 안 되어 용민이가 "선생님" 하며 다가온다. 선생과 부모는 같다. 혼난 아이들이 그렇게 다가오면 코끝이 찡하다. 내 행동이 반성된다. 바른 반성이야말로 곧은 행동의 시작이다. 나는 양심을 표현하는 사람을 좋아한다.

불우이웃돕기 행사의 일환으로 학교에서 강수에게 신발을 사준단다. 늘 고민이다. 이 짓이 잘하는 짓인지, 잘못하는 짓인지. 강수에게 가닿은 여러 가지 복잡한 감정들을 헤아려볼 때 이 짓은 안 하는 게 낫다.

학교에서 불우하다는 아이들을 돕는 일에 대해 다시 한번 생각해 볼 필요가 있다. 옛날에는 불우한 아이들을 돕는답시고 쌀을 모으고 돈을 모금하여 조회시간에 전교생 앞에서 쌀과 모은 돈으로 산 물건을 준 적도 있다. 드러내놓고 신발이 낡은 아이에게 새 신발을 사주는 선생님도 있었다.

나는 이런 일에 대해 늘 고민하고 부끄러워했다. 불우한 아이들이 그렇게 해서 불우함에서 벗어난다면 얼마나 좋을까. 불우한 아이가 전교생이 보는 앞에 나와 물건을 받고 쌀을 받을 때 아이의 마음이 어떨지 곰곰이 헤아린다면 그럴 수는 없다. 까딱 잘못하면 아이는 오랫동안 수치라는 굴레에서 벗어나지 못할 수도 있고, 이런 도움이 큰 짐이 될 수도 있다. 이러한 것을 생각하면 불우한 어린이를 도와주는 데 더 신중할 필요가 있다. 불우이웃돕기가 도움을 받는 어린이에게 상처가 되어서는 안 된다.

흐린 후 오후에는 맑음, 참 맑음.
운동장가 벚나무 낙엽에 단풍 물들었네.

소운동회 끝. 옛날 운동장 가득 모여들어 하루를 꼬박 동네 사람들과 즐겁게 보내던 시절이 잠시 스쳐갔다. 그때는 운동회가 진짜 마을 축제였다. 벚나무 밑에 돼지국밥을 파는 집이 열 집도 넘었다. 해가 꼬박 넘어가고 농악놀이가 끝나면 운동회가 파했는데 그때까지 술판은 끝나지 않았다. 신경림의 시 「농무」 같았다.

즐거운 생활시간이나 운동회 때도 그렇지만 아이들은 달리기를 정말 좋아한다. 이상하다. 왜 달리는 것을 그렇게 좋아할까. 얼굴이 새파랗게 질릴 때까지 아이들은 죽어라 달린다. 아이들은 세상을 달리고 싶다.

아이들 회의용 책상 교체. 열린 교육용 새 책상을 때려부수었다. 열병처럼 사람들을 닦달하던 '열린 교육 잔해' 완전 퇴치. 어떤 교수, 아니 어떤 교육 관료가 어디서 무엇을 보고 열린 교육이라는 이름으로 그 아이디어를 수입했는지는 모르지만 그 무렵엔 복도를 허물고, 교실을 트고, 탁상용 책상을 들여놓고, 소파, 싸구려 카펫, 각종 비디오테이프, 온갖 써먹지도 않을 학습자료 따위를 학교에 들여놓았다. 그러더니 이제 그 잔해인, 비싼 돈 주고 산 넓디넓은 아이들 회의용 책상도 운동장에 내놓고 부수어버린다.

그 얼마나 많은 시간적, 경제적, 정신적인 손해를 끼친, 교육을 핑계삼은 '교육적 폭력'이었던가. 하지만 그 손실을 아무도 책임지지 않는다. 이건 극히 못된 상상이지만 혹 그 질풍노도처럼 불어닥쳤던 열린 교육 광풍이 교육 자재를 팔아먹으려는 업자들의 농간은 아니었을까? 절대 그럴 일은 없겠지만 말이다.

비정상적인 사회에서 상식 이하의 일들을 많이 겪고 살다보면 사람들 상상력도 이상한 쪽으로 발달되어 신경이 날카로워진다. 병든 사회의 치유하기 어려운 병든 상상력이다.

청산하지 못한 일제 잔재와 분단과 동족끼리의 전쟁, 군부 독재와 동서 분열과 저질스러운 이념적 갈등 속에 살다보니, 나도 모르게 사람이 작아지고 더러워지고 쩨쩨해져버렸다.

아침 안개

아침이슬에 빛나는 풀꽃들.

하늘에 구름 한 점 없다.

하늘을 올려다보고 있으니 눈이 시다.

하영이가 용민이와 다투고 징징거리기에 둘 다 똑같이 혼내다.

종현이, 수학 문제 대충대충 풀어 혼내다.

다은이, 그림 그리다가 종이 버려 혼내다.

한빈이, 희창이, 강수, 수학 문제 잘 풀어 칭찬하다.

현수, 그림 다 그리고 자발적으로 수학 문제 풀다.

오후에 아이들 책 읽다.

아내가 내 목소리가 너무 사납다고 한다.

그러고 보니 아이들에게 화를 낼 때 내 목소리는 정이 확 떨어지도록 사납다. 목소리 좀 부드럽게 낮추자.

내일이 내 생일인가? 음력으로 팔월 열이틀인데…… 난 참 좋은 때 태어났다. 어머니는 늘 내가 좋은 때 태어났다고 하셨다. 쥐띠로서는 태어난 시時도 참 좋다고 하셨다. 저녁밥 먹고 조금 있다가 태어났는데 그때는 쥐들이 한창 활동을 할 때라고 한다. 오곡백과가 무럭무럭 익어가는 계절에다 저물녘이니 움직이기만 하면 먹을 것이 천지인 때였다. 그러면서 늘 이렇게 말씀하신다.

"너는 되 글 배워서 말 글로 풀어 먹는단다."

누가 그러더냐고 내가 물으면 점쟁이가 그러더라고 하신다.

햇살이 참 좋다.

아이들이 다 돌아간 오후의 학교는 정말 적막하다. 이따금 선생님들 뭐 하나 싶어 교실에 가보면 모두 컴퓨터 앞에 찰싹 붙어 있다. 옛날 컴퓨터가 없던 때는 그래도 선생님들이 모여 이런저런 놀이도 했는데. 그러다 친해지기도 하고 싸우기도 하고 서로 아이들에 대해, 시대에 대해, 교육에 대해, 자기 신상에 대해 이야기를 나누기도 했는데…… 인간적인 교류가 사라진 교단은 쓸쓸하고 때로 삭막하다.

해가 지고 있다. 산그늘이 운동장에 내린다. 나는 산그늘이 참 좋다.

곳곳에 아침안개

안개 속에 찾아온 햇살로 빛나는 코스모스 꽃잎들. 노랗게 말라가는 길가 풀잎들. 그 풀잎들의 찬란한 쇠진이여! 다 살고 죽어가는 것들은 저리 아름답나니. 풀벌레들은 아침 풀잎 끝에서 꺼지는 이슬을 노래하도다.

아침에 아내도 나에게 당신은 참 좋은 때 태어났다고 했다. 아내는 이따금 어머니와 똑같은 말을 한다.

앞산에 피었던 봄날 매화나무 가지가 앙상하다. 일찍 피면 일찍 진다. 내일 모레가 추석이어서 앞산 뒷산 묘지들이 확실하게 드러나 있다. 벌초들을 잘해놓았다. 무덤 앞에 비석을 세우는 게 무슨 가문을 빛내는 일이라도 되는 줄 아는지 요새 곳곳의 무덤 앞에는 까만 대리석으로 만든 비석들이 줄줄이 서 있다. 죽은 내 무덤에 비석 세우지 말고 네 앞에 살아 있는 이웃에게 잘하라. 죽음은 후회의 끝이니, 죽은 자들의 간절한 뜻도 그러할 것이다.

하늘이 파랗게 개었다. 햇살이 세상 가득 쏟아진다. 운동장에 나가 줄넘기 시험을 보고 나니 아이들이 또 달리기를 하잔다. 청군 다섯, 백군 다섯이다. 운동장 가득 쏟아지는 햇빛을 차며 아이들이 파란 잔디 트랙을 돈다. 앞서 가던 현수를 종현이가 굽이에서 앞지른다. 파란 잔디 위를 달려오는 종현이 앞으로 잠자리들이 비껴 난다. 종현이도 햇살을 뚫고 차며 눈이 부시게 달려온다. 오! 아름답고도 찬란한 가을 운동장 햇살이여!

나는 이렇게 살았다. 이 인간 세상에서, 지상에 존재하는 모든 인간의 몸 중에서 초등학교 2학년 아이들의 몸이 가장 순결하다. 가장 아름답다. 사심 없는 저 몸짓들이여!

종현이 코에 땀방울이 송골송골하다.

안개 속에 감들이 붉어진다. 날로 새로워진다. 새로워진다는 것은 반성한다는 것이다. 반성 없는 지루한 삶은 죽음이다. 늘 새롭게 너는 깊어져라. 깊어져야 우뚝 선다. 세월이 가도 변하지 않는 사랑을 너는 얻어라. 치열하라. 치열함이 저렇게 곱게 물든다.

추석 전에 김기현 선생님 내외랑 우리 내외랑 태주랑 강천산에 다녀왔다. 산 정상에 핀 꽃들이 아름다웠다. 꽃은 피어 주위를 환하게 한다. 아무도 가꾸지 않아도 꽃들은 산 정상 바위틈에 피어 주위를 환하게 밝힌다. 높고 추운 곳에, 조건이 열악한 곳에서 자라고 핀 꽃일수록 더 환하다. 세파에 꺾이지 않는 삶은 빛난다.

산은 오를수록 좋다. 아무리 작은 산이라도 정상에서 보는 우리의 산천은 아름답다. 그동안 주위에 있는 여러 산을 올랐다. 산을 오르는 벗들을 만나니 나는 복되고 행복하다. 산 위에서 먹는 밥이나 반찬, 한잔 술도 좋다. 그보다 마음 맞는 벗들이 더 좋다.

때 묻지 않은 순결한 열정과 정신은 비단 무언가를 이루지 않아도 위대하다. 이루지 않는다 해도 무슨 상관인가. 대화에서 우리는 서로 배우고 깨닫는다. 정신이 한껏 높아지는 느낌을 받는다. 그렇게 우리 국토를 밟아 딛고 가는 길들이, 발길이 아름답다.

『문학사상』에 나온 고재종의 시 「독학자」를 읽다. 가슴 뿌듯하게 읽다. 때로 그의 진정성이 빛난다. 그는 소재주의자가 아니고 세계를 종합한다. 소재주의의 밋밋함과 단순성은 사물을 설명한다. 설명은 시가 아니다. 현상에 대한 즉각 반응은, 자연 현상이든 역사적, 사회적 반응이든 어떤 것도 해석하고 설명하게 된다. 소재주의는 시의 초보다. 그에겐 진기珍技가 있다. 그의 시에선 때때로 세계를 드는 무게가 느껴진다.

희창이 혼자 오래 남아서 문제를 풀게 했다. 종현이 삼촌이 종현이를 데리러 왔다. 이놈을 내가 가르친 것도 같은데 누군지 당최 생각이 나지 않는다. 이놈 형 둘도 가르치고, 누나도 가르치고, 여동생도 가르쳤다고 한다. 얼굴들을 보면 대충 생각이 나는데, 그 집 맏형하고 큰누나만 떠오른다. 종현이 아버지가 둘째인 모양이다. 이따금 종현이를 부른다는 게 그 아비 이름을 부를 때가 있다. 식구들을 다 가르친 셈이다. 나도 참 신기하다.

애틋하고, 정답고, 아련하고…… 아무튼 그렇다.

박용숙의 『한국 현대미술사 이야기』를 읽다.

벌써 10월이다. 세월이 간다. 학교 앞 강에 청둥오리들이 많이 왔다. 징검다리를 차지하고 나란히 서 있는 오리들이 그림 같다. 날갯짓을 하는 모습이 생동감이 차고 넘친다. 살아 있음이 저렇게 생생하고 싱그럽다. 날개들이 아침햇살에 빛난다. 강 건너 콩밭에 콩잎들이 노랗다. 예쁘다. 콩깍지 속에 콩들이 나란히 들어 있겠지.

아침에 아내가 시장에서 사온 콩을 깠다. 아내가 콩깍지 속에 든 콩들을 보며 "이것들이 이렇게 나란히 들어 있었구나. 이 속에서 무슨 말들을 하며 지냈을까?" 하던 생각이 난다. 아내는 이따금 사물을 보며 그런 엉뚱한 말을 해서 날 기쁘게 한다. 내 시심을 자극한다. 동시 한 편 써야겠다.

오리들하고, 아침에 아내가 말한 콩이 자꾸 생각난다. 아침에 와서 「눈물」이라는 동시를 썼다.

다 익은 벼를 갈아엎고 예초기로 문질러버리는 것을 텔레비전에서 보았다. 피눈물이다. 저 누런 벼들이……

아침에 희창이가 청소하니 다은이도 덩달아 청소를 한다. 같이 한다. 종현이가 수학시간에 혼나더니, 금방 문제를 잘 풀게 되었다. 화내지 말고 차근차근 일러주었어야 하는데. 그래도 혼내길 잘한 것 같다. 그러나 너무 사납게 혼내지는 말자.

오후에 학교 뒤뜰에 흩어져 있는 알밤을 주웠다. 알밤이 벌겋게 떨어져 있다. 똥글똥글한 알밤을 주워 손안에 쥐자 눈물이 났다. 세상에 학교 뒤에 이렇게 알밤이 벌겋게 익어 떨어져 있는데 아무도 관심을 안 가진다. 학생도, 선생님도, 지나가는 농부들도. 지난 추석 때 성묘하러 가면서 보니 길에 어찌나 알밤이 많이 떨어져 있던지, 다 주울 수도 없고 그냥 가자니 아깝고…… 안타까운 마음을 동생은 이렇게 위로했다.
"알밤 보기를 돌멩이 보는 것처럼 하라."

가슴 아픈 말이다. 옛날 같으면 어림도 없다. 알밤이 익기도 전에 아이들이 어떻게든 선생님 몰래 알밤을 털어갔다. 우리는 우리 땅에 나는 곡식을 무시하고 산다. 밤이 떨어져 썩어가고, 따지 않은 감이 감나무에 달린 채 썩어가는 것을 보며 나는 불안감을 감출 수 없다. 우리의 곡식과 과일이 이렇게 썩도록 버려둬도 될까. 이게 무슨 일이란 말인가. 이건 나라가 썩는 것하고 똑같다. 우리의 밥이 썩는 것하고 똑같다. 도대체 이 나라 농업 정책은 어디다가 눈을 두고 있으며, 어떤 장기적인 계획을 가지고 있는 것일까. 나는 두렵다. 불안하다.

수업시간이면 다람쥐들이 알밤을 주워간다.

오늘 아침 갑자기 기온이 뚝 떨어졌다. 맑은 하늘 아래 맑은 햇살, 그리고 바람까지 분다. 바람결에 하늘거리는 코스모스가 한결 청순해 보인다. 빛이 세상의 사물들을 깊이 파고드는 가을이다. 빛이 세상 천지에 발광한다.

어제 종현이 혼낸 것이 못내 걸린다. 아이들을 조심스럽게 대하자. 풀잎에 맺힌 이슬같이, 거미줄에 걸린 물방울같이, 막 구워져 나온 도자기같이…… 조심스럽게 대하고 정성을 다하자. 얼마나 귀하고 소중한 내 새끼들인가. 세상에서 가장 아름답고 성스러운 생명, 이 푸른 싹들을 어찌 내 맘대로 하겠는가. 물을 주고 쓰다듬어

주고, 세상을 위해 훌륭한 인격을 가진 인간이 되도록 만들어야 한다. 저 살아 움직이는 여리고 어여쁜 모습들이라니!

아이들과 지내는 하루는 지상의 낙원이다. 내가 사람을 존경하고 귀하게 대할 때 내 마음도 편하고 나도 귀한 사람이 된다. 품위 있고 품격 있는 인간성도 나에게서 나옴을 알라.

화창, 아주 화창, 무지 화창.
구름 한 점 없는 푸른 하늘.

무등산을 등산하다. 김기현 선생님 내외와 태주, 우리 내외가 함께 갔다. 무등산은 큰 산이다. 억새가 많았다. 산의 이름이 '무등無等'이라니! 참 좋은 이름이다. 즐겁고 유쾌하고 매우 유익한 산행이었다.

우리나라엔 산이 정말 많다. 우리는 산과 산 사이에 살고 있다. 높은 곳에서 내려다보는 우리의 들판이 정답다. 쑥부쟁이, 코스모스, 노랗게 익어가는 들판의 벼들이 가을 정취를 돋운다. 가을은 벼가 익어가는 이때가 가장 좋다. 우리나라 가을은 뭐니뭐니해도 역시 벼가 익어가는 들판이 최고 아름답다.

광주에서 김기현 선생님 형님께 대접받고 집에 오는 길에 태주가 아내에게 전화하는 게 어찌나 우습던지 배꼽을 부여잡고 웃었다.
태주는 전화할 때마다 샤워 이야기를 한다.

"여보, 샤워했어?"

다른 집에 전화를 할 때도, 심지어 친구 아내에게도 샤워했냐고
물어본다.

아내란 참 편한 존재다. 남편들의 저런 엉뚱하고 말도 안 되는 전
화도, 투정도, 떼도 아내들은 다 받아준다. 오래 같이 살아서 서로
를 잘 알기 때문이리라. 부부는 그 얼마나 많은 일들을 겪어내며 살
까. 부부는 가장 위대한 관계다. 관계를 아름답게 가꾸는 일은 그
둘의 몫이다.

아이들이 주운 알밤을 삶아왔다. 쉬는 시간 나무 밑에 동그랗게 앉아 알밤을 까먹었다. 맛있었다.

아침에 1학년 선생님이 우리 교실에 오셔서 교실 바닥 닦는 기름을 누가 엎질렀느냐고 물었다. 하영이다. 잘못해서 엎질렀으면 잘 치우면 된다. 나에게 말을 하거나. 아이들은 그럴 줄을 모른다. 자기가 저지른 일을 피해가려고 하고, 구차하고 비겁하게 이리저리 변명한다. 솔직하게 자기 잘못을 시인하거나 처리하는 아이들이 드물다.

싸우는 아이들을 불러 이야기하면 자기가 잘못했다고 말하는 법이 없다. 넘어져 울고 있는 아이가 있으면, 달려가서 일으켜줄 생각은 않고 자기가 안 그랬다는 말부터 먼저 한다. 어떻게든 손해를 안 보려 하고, 안 좋은 일은 남에게 떠넘기려 든다. 금방 들통이 날 거짓말을 한다. 사태를 모면하려 든다.

어떤 잘못도 수긍하려 들지 않는 이 아이들의 모습은 우리 사회와도 꼭 닮았다. 특히 하는 짓들이 정치판과 너무도 흡사하여 놀랄 때가 있다. 아이들은 어른들의 거울이다. 어른들은 늘 자신의 부끄러운 모습을 알지 못하고 아이들에게 모든 잘못을 뒤집어씌우려 든다. 부끄러운 짓을 하고도 부끄러움을 모르는 파렴치한 사회에서 아이들한테만 곱게 자라라고 말할 자신이 없을 때가 있다.

오후에는 햇살이 따갑고 건조하다.

아침 운동장에 들어서니 바람도 햇살도 차암 좋다. 햇살을, 산을, 나무들을 바라보고 잠깐 서 있는데 유치원생 나혜와 지수가 햇살 속에서 나를 부른다. 아이들 모습도 눈이 부시다. 아이들은 나를 졸졸 따라온다. 현관까지 따라온다. 지수 재킷이 세련되어 보여서 "지수 옷 예쁘네" 했더니, "이거요, 슬기 언니네가 주었어요" 한다. 자세히 보니 헌 옷이다. 지수에게 딱 맞는다. 참 잘 어울린다.

교무실에 있던 감 하나를 손에 들고 나오는데 그때까지도 아이들이 서 있다. "지수야, 나혜야, 요 봐라! 나한테 감 있다" 하며 놀리니 "그래라" 한다.

따사로운 햇살을 등에 가득 진 아이들.

오늘은 국어 읽기 1교시만 하고 무서운 수학만 3교시 했다. '즐거운 시간'은 안 했다.

그리고 수학시간에 선생님께서 코피가 났다. 근데 선생님께서 그 이유가 종현이, 한빈이 때문이랬다. 그리고 휴지는 선생님 가방에서 다운이가 가져왔다.

강수의 어제 일기다. 공포의 수학시간을 즐거운 수학시간으로 만들자.

우리 시대에 큰 교육자가 없는 것은 바로 모두가 코앞의 이익을

좇기 때문이 아니겠는가. 큰 인물이 나타날 수 없는 우리의 정신 풍토는 참으로 척박하고 건조하고 메마르다. 이 가볍고 얕은 정신 풍토는 더럽고 추한 인간만을 만들어낸다. 그러나 박토에서도 꽃은 핀다. 그런 꽃이 오히려 빛이 진할 수도 있다.

나는 척박한 땅에 핀, 작고 진한 빛을 가진 꽃이고 싶다.

남원으로 소풍 가는 날. 관광버스 타고 가을 들길, 산길을 달려간다. 하늘은 푸르고, 들국화 피어나고, 벼들이 샛노랗게 익어가는 가을길을 달려간다. 가방에는 맛있는 음식이 가득하다. 신난다. 남원에 가서 춘향전 연극도 해보며 신나게 놀이기구도 탔다.

희창이와 강수가 김밥을 싸오지 못했다. 강수는 나이 드신 할머니와 단둘이 살고, 희창이는 아버지와 단둘이 산다. 둘 다 사정이 있었을 아침을 생각하니 마음이 착잡해진다. 아이 둘을 데려다가 국수를 사 먹였다. 둘 다 잘 먹었다.

늘 그렇지만 이런 일은 조심스럽다. 아이들이 국수를 먹는 동안 그 앞에 앉아 이런저런 말을 걸었다. 아이들은 조금도 어색해하지 않고 맛있게 먹는다. 하도 맛있게 먹기에 나도 한 그릇 시켜 먹었다. 셋이 먹으니 국수 먹는 분위기가 더 살아난다. 다 먹고 나니 강수와 희창이가 "선생님, 고맙습니다" 하고 인사를 한다.

해마다 가는 소풍이지만 아이들에게는 일 년 중 가장 기대되고 신나는 날이다. 우리도 어릴 때 그 얼마나 마음 졸이며 소풍날을 기다렸던가. 초등학교 다닐 때 내 소원은 멸치 볶음 반찬을 싸가지고 소풍을 가는 거였다. 그러나 나는 한 번도 그 꿈을 이루지 못하고 초등학교를 졸업했다. 하지만 그때 반찬으로 싸갔던 기름에 볶은 소금 맛은 지금 생각해도 정말 맛있었다.

아이들 사진도 찍어주었다. 렌즈에 잡힌 아이들 모습이 얼마나 싱그럽고 예쁜지 모른다. 저 천사 같은 얼굴들.

맑음. 벼 베기 시작했다.

아이들을 사흘 만에 만났다. 금요일과 토요일이 가정학습날이었다. 옛날에는 농번기 방학이라고 했다. 그땐 정말 집에서 많은 일들을 했다. 메뚜기를 잡아서 볶아먹기도 했다. 보리를 갈다가 쉬는 참에 까치밥으로 몇 개 남겨둔 서리 맞은 감을 따먹는 재미는 꿀맛이었다.

요즘 아이들은 일을 안 한다. 어린아이들이 할 만한 일도 별로 없다. 자연을 상대로 놀고, 자연 속에서 힘들여 일하는 것을 통해 얻은 교육적인 효과는 지금의 교육 내용이나 질에 비할 바가 아니다. 노작을 통해 얻는 몸의 체험과 정신적인 동력은 매우 크다. 낫으로 풀과 벼를 베고, 괭이로 땅을 파며 얻는 체험과 생각은 말할 필요도 없다. 몸으로 힘을 써서 무언가를 이루는 일은 위대하다.

지난 토요일 서울에 가서 내가 덕치초등학교에 와서 처음 가르친 아이들을 만났다. 아니 이제 아이들이 아니다. 마흔을 훌쩍 넘은 장년들이다. 같이 있으면 내가 제일 어려 보인다. 면면을 보면 험한 세상을 살아온 삶의 흔적이 얼굴에 역력하게 그려져 있다. 사느라 애쓴 저 흔적은 우리의 흔적이다. 고달픈 얼굴들을 생각하면 감회가 없을 수 없다. 그들이 낳은 아이들이 지금은 다 군대 가고 결혼도 한단다. 그리운 얼굴이다. 우리의 얼굴, 나의 얼굴이다.

어제는 전통문화센터에서 굿을 보았다. 판소리, 진도 씻김굿, 민요, 대금 연주를 보았다. 감동적이었다. 특히 진도 씻김굿은 나를 무아지경으로 이끌어갔다. 그들의 노래와 손짓, 몸짓은 서럽고 눈물이 났다. 특히 고를 풀 때 눈물이 났다. ‘고’는 원한을 상징하는 말로 고를 풀어가며 영혼을 달래주는 것을 ‘고풀이’라 한다. 한 많은 우리 삶이, 우리 역사가 거기 있었다.

맺힌 한을 풀고 죽은 이들의 삶에 낀 때를 씻어내는 굿은 감동적이다. 삶과 죽음, 산 자가 죽은 자를 보낸다. 아름다운 굿이다. 산 자와 죽은 자가 따로 없다. 삶과 죽음이 따로 없다. 삶과 죽음이 서로를 껴안는 저 씻김굿의 정서야말로 우리의 아름답고도 서러운 힘이다. 아름다운 것을 서러워하는 것은 아마 우리뿐일 것이다. 자랑스럽고 뿌듯하다.

굿쟁이의 발짓과 어깻짓은 나를 늘 숨막히게 한다. 여길 디딜까, 저길 디딜까. 디딜까 말까, 발을 내려놓을까 말까. 그러다가 사뿐하게 살짝 내려놓는 그 발짓은, 그 몸짓은, 그 모습은 숨이 턱까지 차게 한다. 저 발걸음으로는 물 위라도 물결 없이 건널 것 같다. 가히 신의 발짓이다. 발을 내려놓고 싶은 곳은 어디인가? 어느 곳인가? 마른 곳인가, 진창인가? 삶인가, 죽음인가? 삶의 비탈인가, 평지인가?

오! 저 버선코를 보라! 발을 끌어올리는 저 도도하게 솟은 버선코를 보라! 손을, 안에서 밖으로 꺾는다. 산을 불러들이고 죽음을 부른다. 죽음이 살아난다. 산을 밀어낸다. 또다시 보라! 손을 밖으로 내친다. 죽음을 밀어낸다. 죽음을 보낸다. 아! 너무 멀리 가는가 싶으면 다시 손을 안으로 꺾어 산을 가까이 부르고 턱 끝으로 잡아당긴다. 산을 밀고 잡아당기고 하늘을 찔러 그으며 죽음이 갈 길을 연다. 손과 발과 어깻짓으로 몸을 숙였다가 푹 꺾고 다시 쭉 편다.

아! 숨이 짧다. 숨이 짧아 숨이 막히고, 숨이 너무 길어 숨이 막힌다. 안으로 밖으로 꺾어라. 뒤로 제치고 쭉 뻗어 죽음의 길을 열어라. 한을 씻고 깨끗한 죽음이 간다. 재처럼 삭아버릴 것 같은 저들의 몸짓은 있는 듯 없고, 없는 듯 있다. 그리하여 삶인가 죽음인가. 흰 몸이, 흰 띠가 묻는다.

우리 것들은 정말 여유가 있다. 오랜만에 보는 판소리도 여유롭고 기름지다. 민요 또한 신이 난다. 오랜만에 본 우리 굿이 내 정신을 한껏 고양시킨다. 전주의 전통문화에 대한 호응도는 살아 있다. 현대와 전통이 이렇게 한데 어울려 숨쉬는 곳도 그리 많지 않다.

아름다운 조화를 이끌어내야 하고 시민들의 참여와 관리들의 사심 없는 노고가 필요하다. 우리 것들을 아끼는 마음이 앞서야 한다. 예술은 끝이 없이 아름답고 역사는 길고 또 유장하다.

공부를 해야겠다. 우선은 미술 서적을 좀 보고, 철학 공부를 해야 한다. 공부할 것들이 참 많다. 새로운 것들을 깨닫고 터득하는 요즘 자꾸 심호흡을 하게 된다. 독서의 즐거움, 세상을 깨달아가는 기쁨, 진리를 터득해가는 이 서늘함이 좋다. 사랑과 감동의 희구는 끝이 없다. 근본, 원칙, 진리, 진실, 인류, 나 혼자 우뚝 서는 도도함이 갖는 깨끗함, 두려움과 부러움 없는 맑은 정신이 필요하다. 무엇보다 철학이 바탕에 깔려 있어야 한다. 나는 아직 젊고 시간이 많다. 정진하라, 내려앉아라, 퍼져라, 존재의 진실과 진리에 닿아라.

집에 가면서 교문에 다은이, 종현이, 한빈이가 서 있기에 차에 태워 집까지 데려다주었다. 차에 탄 한빈이가 "야, 차 좋다!" 하니까 다은이가 "백만 원도 더 될걸" 한다.

바람도 살랑이고 오색 단풍이 곱게도 물들어가네. 학교 뒷밭 콩잎에 햇살이 내려앉아 노네. 빛나네. 노란 콩잎이 움직여도 햇살은 쏟아지지 않네. 북쪽 끝 벚나무 잎에 단풍이 곱네. 강 건넛마을 뒷산 소나무 잎들도 색깔이 변하네. 바람은 살랑이고, 햇살이 마구 쏟아지네. 다 그러네, 다 그러네.

오후 늦게 희창이와 예영이가 학교에 남았다. 그림을 덜 그려서다. 둘이 장난치면서 놀기만 한다. 희창이 녀석이 예영이에게 말한다.

"야, 여자가 남자를 때리면 비겁하지."

"왜?"

"남자는 여자를 못 때리잖아. 그걸 알고 여자가 남자를 때리면 비겁하잖아. 안 그래?"

"그래!"

희창이와 예영이가 갔다. 교실이 조용하다 못해 적요하다. 이럴 때도 좋다. 아주 편하게 앉아 이렇게 글을 쓴다. 시간이 너무 잘 간다. 유리창에 비치는 햇살도 좋다. 바람은 살랑이고.

화장실에 갔다 오다가 뒷밭을 내다보네. 노란 콩잎에 바람이 다시 부네. 콩이 줄기째 이리저리 흔들리네. 햇빛이 콩잎에서 흘러내리지 않네. 밤송이가 없는 밤나무는 쓸쓸하네. 쑥부쟁이꽃도 바람에 흔들리네. 흔들린다는 게 저렇게 좋다네. 감들이 붉고 바람은 아직도 살랑인다네.

오늘도 수학시간에 화를 냈다.

산그늘 내리니 모든 햇살이 도망간다.

오후에 대구교대에 강연하러 다녀왔다. 조금 멀고 고생이 되더라도 교대 강연은 간다. 대구 가는 길의 가을들판과, 단풍 드는 산과, 반짝이는 강물과, 언덕에 쑥부쟁이, 억새가 아름다웠다. 이렇게 좋은 가을날이나 꽃 피고 새 우는 봄날, 아내와 함께 멀리 강연을 하러 가는 길은 참 기쁘고 즐겁고 행복하다. 우린 온갖 이야기를 한다. 교육에 대해서 가장 많이 이야기를 하는 게 아내다. 교육뿐 아니라 우리가 사는 세상에 대해서도 우린 많은 이야기를 허심탄회하게 나눈다.

세상 여러 가지 문제에 대한 아내의 의견은 소박하고 진실하고 진지하다. 그 소박한 견해에서 새삼스레 많은 것들을 깨닫는다. 아내와의 유익한 세상 이야기는 우리의 정신을 가을하늘처럼 향기롭게 하고 푸르게 드높여준다. 이야기를 하면서 나와 아내는 우리의 정신이 고양되고, 마음이 새로이 환하게 열리고 깨끗해지며, 세상을 진정 사랑하고 있음을 느낀다. 사심과 사욕에서 벗어난 세상 이야기는 그 내용이 거대한 담론이 아니더라도 아름답다.

아내는 나를 훌륭한 사람으로 존경한다. 나도 아내를 사랑하고 존경한다. 아내는 모든 일에 사심을 갖지 않으려 노력한다. 아내는 세상에 따뜻한 애정과 속 깊은 사랑을 지닌 사람이다. 삶과 예술을 속 깊이 사랑하고 당당하게 살 줄 아는 사람이다. 아내는 남을 배려하고, 자기와 남에게 오래 참고 낭비를 하지 않는다. 그런 아내와 차를 타고 가을들판을 달려 먼 길을 가는 일은 즐겁고 행복하다.

아내는 어디 한 군데 막힌 곳이 없이 트인 사람이다. 차를 타고 가다 아내는 이따금 내 손을 잡는다. 따사로운 손길이다. 나는 그러면 늘 똑같은 농담을 한다. "내 옆에 앉은 여자들은 다 내 손을 잡는당게." 늘 그런 것은 아니지만 아내는 확실하게 내 편이 되어준다.

교대에는 학생들이 그리 많지 않다. 그래도 나는 열심히 이야기를 했다. 내가 행복하고 내가 귀해야 아이들이 행복하고, 아이들과 세상이 귀하다는 것을 알 수 있다는 이야기를 했다.

총장이나 교수는 한 명도 나오지 않았다. 그들이 보이지 않아서

서운한 게 아니다. 내가 그렇게 세상 물정을 모르는 철없고 덜떨어진 인간은 아니다. 그러나 적어도 내가 시골 학교 선생이고 시인이므로, 총장의 따뜻한 배려가 있었으면 좋았을 거라고 생각한다.

나는 세상을 고치거나 어떻게 할 만한 힘이 없는 선생이고 시인이다. 그러므로 적어도 교사를 배출하는 학교 책임자가 나에게 따사로운 배려를 했어야 했다. 물론 나는 그런 일이 우리 사회에서 절대 일어나지 않으리라는 것쯤은 훤히 안다. 그러나 말이다. 적어도 교육대학에서는 그래야 하지 않을까. 총장이 나와서 나를 맞이하는 장면을 교대생들이 본다면 이 학생들이 얼마나 뿌듯할까. 그 자체가 바로 큰 교육이 될 것이다. 우리가 사는 세상에 그런 아름다운 정경이 있어야 하지 않을까? 그래야 선생이 된 학생들이 행복하지 않을까? 적어도 그런 따뜻하고 아름다운 상식이 통하는 세상이 되어야 하지 않을까. 도대체 우린 학교에서 무엇을 가르치는가? 총장이나 교수들은 학생들에게 무엇을 보여주는가?

상상해보라. 한 시골 초등학교에서 35년을 살아온 선생이 교대로 강연을 갔을 때, 그 학교 총장이나 교수들이 나와서 그를 따뜻하게 맞이하는 아름다운 장면을. 꿈도 야무지다고 하겠지만 나는 그런 꿈을 가지고 산다.

한빈이와 예영이가 갑자기 다은이가 희창이하고 결혼을 한다는 말을 꺼낸다. 그 말을 잊고 오전을 지냈는데, 점심시간에 희창이와 다은이 단둘만 교실에 남아 장난을 하고 있었다. 퍼뜩 아침에 들은 한빈이 말이 생각이 나서 다은이를 불렀다.

"다은아, 너 진짜 희창이 좋아해?"

"네."

나는 놀랐다. 다은이는 아무런 수줍음도, 주저도 없다. 아주 자연스럽다. 내가 다시 물었다.

"결혼할 거야? 아이들이 그러대?"

"네."

또 그런다. 이게 뭔 소리여! 이게 뭔 일이여! 나는 희창이에게 묻는다.

"너는?"

"나는 확실히 모르겠어요."

'이런, 이놈도 똑같은 놈이네.'

내가 "그럼 다은이 희창이 얘기를 써놓아야지" 하며 컴퓨터에 앉는 시늉을 하니 희창이가 자판을 마구 두드려 글쓰기를 방해한다. 다은이는 웃고만 있다. 환하게. 아주 행복하게 계속 생글거리며.

'근디 세상에 나 참 이게 뭔 일이여, 이 일이……'

흐림

나무마다 단풍물이 하루가 다르게 짙어진다. 빨갛고 붉고 노랗고…… 오색 단풍물이 든다. 만산에 홍엽이라더니 참으로 아름다운 산천이다. 그제 토요일은 지리산에서 놀았다. 크고 아름다운 산, 지리산.

비가 오려나? 꾸무럭거리다가 해가 나고 날이 든다. 보면 볼수록, 생각하면 생각할수록 나무들은 정말 아름답다. 봄이 되면 꽃과 잎을 피우고 가을이면 어찌 저리도 아름다운 색을 스스로 칠할까. 가을이 되면 나뭇잎은 자기 몸에 남은 양분과 물기를 나무뿌리로 보낸다고 한다. 그래서 나뭇잎 자신은 말라간다고도 한다. 나무는

성자 같다. 언제 바라보아도 완성된 예술품이다. 모양도 일생도, 그
리고 죽은 후에도.

안개 짙은 후 맑음

요즘 날씨 정말 좋다. 모든 식물이 맘껏 햇볕을 흡수해서 익어간다. 햇살 속에 있는 색들을 빨아들이는 소리가 들리는 것 같다. 화려하다. 벼도 잘 익었고 많은 곡식들도 그러하다. 아이들도 자연 속에서 자유롭게 맘껏 자기를 표현해야 한다. 저 자연처럼.

다은이 없어 한 자리가 비니, 허전하다.
예영이는 정말 게으르다.

아이들이 돌아간 교실에 가만히 앉아 있으면 처음 이 학교 선생으로 와서 지금까지 가르친 아이들 중에 내가 잘못했던 아이들만 생각난다. 철없던 시절 저질렀던 잘못 중 가장 후회되는 것이 때검사였다. 몸의 때를 검사하고 때가 많은 아이를 다른 아이들 앞에서 창피 주었던 생각을 하면 지금도 얼굴이 붉어진다. 지금 생각하면 몸에 때가 좀 있기로서니 그게 그렇게 부끄러울 일도 아니었는데 왜 그랬는지 모르겠다.

몸의 때뿐만 아니었으리라. 내가 하는 말에, 내 손짓에, 내 행동에 아이들은 상처받고 괴로워했을 것이다. 지금도 마찬가지다. 나는 날마다 아이들에게 죄를 짓는다. 선생은 세상에서 가장 큰 죄인이다. 아이들은 힘도 없고, 아직 세상을 모른다. 그 앞에서 어른들은 죄인이다.

흐려도 단풍은 곱네. 한없이 붉어지는 붉나무(뿔나무), 노랗고 빨간 느티나무, 정말로 샛노랗게 물들어가는 팽나무, 끝부터 주황으로 물드는 벚나무…… 단풍나무도 은행나무도 밤나무도 풀잎들도 다 물드네, 물들어가네.

오늘은 정말 힘이 없다. 이럴 때가 있다. 맥이 탁 풀리고 시도 글도 사는 것도 다 시답잖다. 도대체 세상 무엇이 우리를 살게 하는가? 아무것도 아닌 이 인생을 어이 이리 힘들게 사는가? 힘들어서 단풍은 가지각색 저리도 고운가? 세상일이 다 덧없어 보이고, 부질없어 보일 때가 있다. 사실 그렇지 않은가. 내가 지금 무엇을 이리도 부여잡고 악을 쓰는가. 벌레 같고 티끌 같은 인생 아닌가.

오늘은 그냥 머리를 텅 비우고 진짜 멍청하게 푹 쉰다. 사람도 생각을 다 비우고 새로운 생각으로 채울 수 있으면 좋겠다. 그러다가 또 비우고. 꽃을 가만히 보고 있으면 참 곱다. 어찌 저리 고운지. 오래오래 바라본 꽃이 너무나 고와서 절로 눈물이 난다.

아이들이 밥을 먹을 줄 모른다. 밥 한 숟갈 먹고 반찬 먹고, 또 밥 한 숟갈 먹고 반찬 먹고. 그래야 반찬과 밥이 일정하게 줄어들 텐데 그걸 맞추지 못하고 밥만 먹어버리니 반찬이 남고, 반찬만 먼저 먹어버리니 밥이 남는다. 답답한 노릇이다. 먹는 밥보다 남기는 밥이 더 많다. 거의 먹지 않고 다 버린다. 오늘부터 밥 먹는 버릇을 고쳐야겠다. 억지로라도 밥을 다 먹게 해야 한다. 밥과 반찬을 저렇게 함부로 버리면 죄를 짓는 것이다. 밥을 함부로 하는 일은 세상을 함부로 하는 일이다. 내가 왜 이제야 아이들 밥 먹는 것을 자세히 보았는지 모르겠다. 단단히 고쳐놓겠다.

예영이와 희창이가 남아서 공부를 한다.

맑음

이슬이 깨는 아침은 신비하다.
안개에 젖은 풀잎들, 강물에 떠 있는 안개까지 붉다.
붉은 산이 안개 속에 숨어 있기 때문이다.

아이들은 왜 그렇게 공부를 해야 하는지 모르고 공부를 한다. 아니 아이들은 확실하게 알고 있다. 모두 일등을 해서 일류대학에 가야 한다. 그리고 출세를 해서 잘 먹고 잘살아야 한다. 사람이 혼자서 잘 먹고 잘살기를 추구한다면 개돼지와 뭐가 다른가. 우리는 개돼지만도 못한 짐승들이 지배하는 사회에 살고 있는지도 모른다. 나는 사람이고 싶다.

도대체 지금 아이들에게 무엇을 가르쳐야 하나. 어떻게 살라고 가르쳐야 하나. 아니 지금 아이들에게 무엇을 가르치고 있는가. 어떻게 살라고 가르치고 있는가.

아침에 어머니를 전주에서 모시고 오다가 학교에 들렀더니 우리 반 아이들이 우르르 달려와 인사를 한다. 어머니도 고것들 참 또렷또렷하게 예쁘게도 생겼다고 하신다. 기분이 매우 좋았다.

교실에 들어와 있는데 하영이하고 은희하고 고함을 지르며 싸운다. 왜 그러나 봤더니 일기장을 서로 밑에다 놓으려고 그렇게 악을 쓰며 싸운다. 참말로 이상한 일이다. 아이들은 그렇다. 둘 다 나에게 아주 많이 혼났다. 혼나도 싸다.

맑음

아침에 교실에 들어서니 다은이가 "선생님" 하며 달려와 안긴다. 다은이가 제주도 여행 갔다가 사흘 만에 왔다. 난리가 났다. 희창이가 더 난리다. 다은이에게 보고 싶었다고 말한 모양이다. 은희가 마구 놀린다. 교실이 한참 동안 소란스러웠다. 아이들이 다 반가워하는 모양이다. 그중에서도 희창이는 반가움을 숨기지 못한다. 다은이가 내 휴대폰 고리를 사왔다. 제주도 돌하르방이다. 귤도 사왔다. 아이들에게 세 개씩 나눠주고도 남아서 1학년 학생들에게도 나눠주었다. 나도 세 개 먹었다. 다은이가 여행에서 돌아와 한참 동안 즐겁고 행복했다.

다은이는 하루 종일 나를 따라다니며 제주도 이야기를 밑도 끝도

없이 조잘거린다. 다은이는 유쾌하고 천진하며 즐거운 아이다. 눈
동자가 아주까리처럼 검고, 눈동자가 깊고 큰 아이.

다은이와 은희가 새로 지은 강당 2층 난간에 밖으로 매달렸단다.
참으로 아이들은 엉뚱하다. 어떻게 그렇게 위험한 일을 스스럼없이
아무렇지도 않게 해버렸단 말인가. 그 모양을 본 아이들이 무섭고
겁이 나서 모두 질겁하고 몸서리를 쳤단다.

오후 들어 날씨가 흐리다. 비가 올 모양이다.
희창이가 남아 공부를 하니, 다은이도 안 가고 얼쩡거린다.
좋은 감정이 있어서다. 좋은 게 좋은 거다.

단풍은 곱다. 붉고 곱다. 나무들의 저 모습이 위대하다.

가을 들녘이 쓸쓸하다. 벌써 늦가을인가. 곧 서리가 내리겠다.

내일 서울로 교단 수범 사례 심사를 간다. 요 며칠 동안 선생님들 글을 읽었다. 재작년보다는 글솜씨도, 내용도 좋아진 편이다. 그러나 아직도 선생님들의 글쓰기는 만족할 만한 수준이 아니다. 일단 철학의 부재가 문제다. 이건 선생님 개개인의 문제가 아니라 우리 교육의 전반적인 문제요, 나아가 우리 사회 전체의 빈혈에 가까운 철학의 빈곤에서 기인한 문제다. 선생들이 시험을 잘 치는 인간 기계들을 만들어내다보니, 우리 교육이 이렇게 단순무식(?)하고 얄팍해지고 있다. 다양한 인간 교육이 이루어져야 선생님들도, 교육도 넓어지고 깊어져서 마침내 정신이 드높아지고 세계를 아우르는 찬란한 글들이 나오게 될 것이다.

선생님들의 글을 보면 우리 교육이 얼마나 글쓰기를 도외시하고 있는지 여실히 드러난다. 글을 쓰는 일은 우리가 사는 세계를 가장 섬세하게 인식하고 확인하는 일이다. 글을 쓰는 일은 세상을 자세히 보고, 보고 생각한 것을 정리하고, 정리한 내용을 조직해서 논리를 세워 표현하는 일이다. 글쓰기의 기본인 우리가 사는 세상을 자세히 봄으로써 사물이 나와 무슨 상관이 있는가를 알게 된다. 그 상관성을 알면 자연스레 그게 옳은지 그른지, 이 세상과 무슨 상관이 있는지 가치 판단을 하게 된다. 이렇게 글쓰기를 통해 자기 나름대로 가치를 따져 철학적인 사고방식을 터득할 수 있다.

가을이 깊어간다. 학교는 단풍이 물드는 산에 깊이 싸여 있다. 아름답게 물드는 저 장엄한 가을날을 나는 아이들에게 보여준다. 아이들아! 노랗게 물드는 은행나무를 봐라! 저 크고 큰 산의 단풍을 봐라! 우린 오색 단풍 물드는 산천에 파묻혀 논다.

강을 봐라! 비어가는 들을 봐라! 억새가 나부끼는 강변을 봐라! 밭둑에 노랗게 피는 산국화를 봐라! 저것이, 저 자연이 우리를 풍요롭게 하고 자유롭게 하고, 사람을 아름답게 꾸며주리라. 저 자연 속에서는 나도, 우리도 하나의 풀잎일 뿐이다. 저 자연을 보여주고 저 자연을 쓰게 하여 사람의 몸과 마음에 사랑과 평화의 집을 짓게 하

라. 그게 바로 글이다.

운동장에 바람이 불고, 낙엽들이 날고 구른다. 아이들이 뛴다. 낙엽처럼 가볍다, 아이들의 몸과 마음은.

선생님들의 글을 통해 나도 많은 생각을 한다. 글이란 그런 것이다.

맑음

서울에 다녀왔다. 최종 심사를 하러 교육부에 갔다. 심사위원들이 미리 심사를 다 해왔기 때문에 순위를 정했다. 교사들의 교단 수범 사례 두 편을 놓고 최우수상 때문에 엎치락뒤치락했다. 한 편은 어느 선생님이 한 학생을 지도해서 좋은 학생을 만들었다는 아주 진부한 내용인데 감동을 주었다. 하지만 교육이 개인의 역량에 머물러버렸다는 느낌이다. 교사 개개인의 역량도 중요하지만 우리 교육에는 그보다 근본적이고 제도적인 문제가 산적해 있다.

교사 생활 5년 된 한 초등학교 선생님은 학급 인권 문제를 들고 나왔다. 인권이 무시당하는 여러 가지 사례를 이끌어내고 그 지도 방법을 이야기했는데 글을 읽으면서 가벼운 충격을 받았다.

그랬다. 우리 초등학교 선생님들은 자신도 모르는 사이에 아이들을 함부로 대한다. 학생이 힘없는 어린이라는 데, 그리고 교실과 수업의 특성 자체가 어느 곳도 열린 곳이 없는 극히 폐쇄적인 곳이라는 데 문제가 도사리고 있다.

이제 와서 생각해보니 선생님의 수업권과 어린이의 인권 문제는 심도 있게 이야기해보아야 할 문제다. 특히 교사 교육에서 이 문제가 강조되어야 한다. 간단한 예로, 아이들의 일기를 선생님에게 공개하는 것도 실은 인권 문제와 연결되어 있다고 볼 수 있다. 비단 그런 문제뿐 아니라 체벌 문제도 심각하지 않은가. 교실에서 일어나는 언어폭력도 간과할 수 없다. 막연하게 감상적으로 교사는 아이들을 사랑으로 대해야 한다고 해봐야 들을 때만 다짐하고 끝이 난다. 지금의 교사를 길러내는 교육제도를 다시 생각해봐야 할 때다.

이 두 글을 놓고 심사위원들의 의견이 충돌했다. 교사로서의 지도 문제와 휴머니티가 중요하지 않겠느냐는 의견과 우리 교육의 제도적인 문제가 더 중요하다는 의견 간의 대립이었다. 사실 둘 다 중요한 문제다.

현실과 이상은 갈등한다. 우리 사회에서 현실적이라는 말은 보수로 통하고 이상적이라는 말은 진보로 통한다. 보수는 모든 문제를 개인적으로 몰고 가는 경향이 있고, 진보는 모든 문제를 사회적인 문제로 확대 해석한다. 두 가지 다 깊은 함정은 있지만, 나는 진보 쪽이다.

이승복에 대한 뉴스를 보았다. 이승복 동상은 지금도 우리 학교 뜰에 우뚝 서 있다. 그러나 이승복에게 관심을 가지는 학생은 한 명도 없다. 동상의 주인공이 무엇을 한 사람인지 아는 아이들도 물론 없다. 어떤 아이도 저 동상에 대해 묻지 않는다.

우리는 오랫동안 이승복을 통해 반공 교육을 해왔다. 그러나 언젠가부터 교과서에서 이승복이란 이름이 사라졌다. 이승복 글짓기도, 웅변대회도 슬그머니 사라졌다. 증오심을 키우는 공포의 반공 교육이 그 얼마나 교실을 숨막히게 했던가. 무서운 일이었다.

이승복 어린이 사건이 사실이냐 작문이냐는 내게 별 상관이 없다. 나를 겁나고 무섭게 한 말은 한 어린아이가 죽음 앞에서 내지른

절규였다. "나는 공산당이 싫어요"라는 말이 사실이었다고 해도 무섭고, 사실이 아니었다고 해도 무섭기는 마찬가지다. 죽음 앞에서 어린 영혼이 내지른 그 말이 반공 교육의 성공을 확인한 말이 되었을지는 몰라도 인간다움과는 거리가 먼 말 아닌가. 죽이려 달려드는 사람에게 "살려주세요" 하며 매달리는 게 사람다운 사람의 말 아니겠는가.

요즘 젊은 사람들은 통일이 얼마나 절실한지 모른다. 통일이 돼도 그만, 안 돼도 그만이라는 생각을 가지고 있다. 통일은 그들에게 귀찮은 일이기도 하다. 젊은 선생님들도 그렇게 생각한다. 통일은 내 문제가 아닌 것이다. 그렇게나 많은 반공 교육과 통일 교육을 해왔는데도 통일을 절실하게 느끼는 선생님들은 드물다. 통일, 반공 교육이 실패했기 때문이다. 사회를 종합하고 통합적으로 해석하지 못하는 파편화된 지식 공급 교육, 절름발이 불구 교육이 낳은 결과물이다.

다은이가 오늘도 어리광을 부린다. 공부시간에 느물거리며 늑장을 부리고, 뭐라고 하면 몸을 비틀고 꼬며 아양을 떤다. 오늘은 야단을 쳤다.
수학시간에 다은이를 야단치고, 그다음 시간에는 연습 문제를 풀었다. 아이들이 생각보다 잘해 칭찬을 해주고 교실로 오는데 누군가 뒤에서 나를 껴안고 따라온다. 보나 마나 다은이다. 내가 조금 누그러진 틈을 슬며시 비집고 들어와 아양을 떨고 있다.

날씨가 활짝 갰다. 맑은 햇살에 아이들은 눈부셔하면서 뛰논다. 날마다 하늘이 끝없이 드높다. 올 가을은 농부들이 맘껏 농사일을 했다. 태풍 피해도 많지 않았고 병충해도 극성을 부리지 않았다. 일조량이 많아서 벼들이 정말 잘 여물었다. 가을 내내 비가 없으니 농부들이 곡식을 맘껏 거두어들였다. 동네에 가보면 벼들이 길 가득 널려 있고, 콩 타작들을 하고, 마을 안길까지 곡식들이 그득하다. 아름답고 풍요로운 풍경이다. 가을이면 그렇게 동네가 펄펄 살아난다. 살아 숨을 쉰다. 그러다가 서서히 곡식들이 길에서 마당으로, 마당에서 방으로 들어간다. 사람들이 그렇게 아름다운 순환의 길을 그려낸다.

이런 과정을 지켜보면서 '농사만 잘하면 뭐 할 거냐'는 생각을 하다가도 '농사라도 잘되어야지' 하는 생각을 한다. 힘들고 어렵고 고통스럽지만 농사마저 안 되면 농민들 마음이 얼마나 쓸쓸할지 생각해본다.

봄에 밖으로 나와 들을 가득 메우던 곡식들이 그렇게 서서히 마을로, 마당으로, 방으로 들어가고 있다. 우리 어머니는 이제 겨우내 마을 사람들과 함께 먹고 놀며, 회관 방에서 10원짜리 화투를 치며 지내실 것이다.

　벌레들도 사람들처럼 한 해의 삶을 갈무리한다. 이토록 아름다운 순환이 이뤄지는 농사의 길을 우리는 무시하고 산다. 그러므로 우리 삶은 어딘가에서 비틀어지고 어긋나고 허물어지고 병들어간다.

　오후에 예영이네 집에서 피자를 세 판 가지고 왔다. 한 판은 여선생님들 주고 두 판은 우리 반에서 먹기로 했다. 무슨 일인지 몰라도 강수, 종현이, 한빈이가 피자를 안 먹겠다고 한다.

　삐쳤는데 그 강도가 심상치 않다. 아이들이 맛있게 먹는 중에 종현이를 살살 꼬셨다. 종현이는 못 이긴 척 다가와 어색하게 받아먹는다. 한빈이와 강수도 어르고 달래봤지만 요지부동이다. 아이들이 아무리 먹으라고 해도 안 먹는단다.

　아이들은 정말 피자를 좋아한다. 한 판이 다 끝나가고 있을 때 강수에게 한 조각을 쥐여주고 한빈이에게도 한 조각 쥐여주니 못 이기는 척, 맛없는 척, 마지못해 먹는 것처럼 인상을 쓰며 먹는다. 사람들은 때로 한빈이와 강수처럼 자기의 속마음과는 전혀 다른 결과에 곤혹스러워 할 때가 있다.

안개, 안개도 붉다. 보고 싶다 단풍들이.

아침에 아내가 카풀하는 곳까지 나를 데려다주는 차 안에서 마흔이 넘으니, 이제 사람이 보인다고 한다. 나는 쉰일곱이 되어서야 조금씩 세상이 보인다고 했다. 아내가 당신은 뭐든지 그렇게 늦되다고 했다. 맞는 말이다. 나는 아직도 세상에 너무 서툴다. 나는 아직도 처세를 모른다. 그게 대순가. 그러나 나도 이제 어떤 놈이 나쁜 놈이고 상대하지 말아야 할 놈인지는 안다. 나쁜 놈들을 알게 되었다. 나는 싫어하는 놈을 싫어하지 못하는 것이 제일 싫다. 나는 만인에게 잘해야 하는 '입후보자'가 아니다. 나는 오만과 편견이라는 말을 좋아한다.

몇 주 전 우리 반에 왔다가 하루 지내고 간 광주교대 학생들에게서 편지가 왔다. 그 편지를 여기 옮긴다.

선생님 안녕하세요.

얼마 전 리포트 때문에 덕치초등학교를 방문했던 광주교대 학생 김화연입니다.

그때 짧았지만 너무 좋은 시간이어서 바로 감사편지를 쓴다는 것이 저의 게으름 때문에 이렇게 늦어졌습니다.

어느새 그곳에 다녀온 지 2주가 다 되어갑니다.

창문 밖으로 온통 빽빽한 아파트들과 시끄러운 소리를 내며 달리는 자동차들…… 이곳에 있으면 덕치초등학교에 갔던 일은 한순간 꿈같습니다.

섬진강 때문에 주변 곳곳을 감싸던 안개와 산에 안겨 있는 듯했던 학교, 그런 학교보다 더 예뻤던 아이들, 그리고 김용택 선생님.

아버지가 고등학교 국어선생님이라 저희 집에는 나름대로 책이 많습니다. 여러 책 중에서 어느 날 발견한『그리운 것들은 산 뒤에 있다』라는 책이 얼마나 재미있으면서도 묘한 감동을 주던지. 그때부터 김용택 선생님 이름을 알았습니다.

그러다가 작년에 선생님 강연을 듣고 정말로 그곳에 한번 가보고 싶다는 생각을 했습니다.

사실은…… 교대에 제 의지로 들어간 것이 아니었습니다. 부모님과 선생님들의 뜻에 따라 들어간 학교였기에 선생님이 된다는 것은 무언가 불안하고 두려운 일이었습니다.

재수까지 했던지라 이 학교에 오려고 재수를 한 건 아닌데 잘못된 길로 가고 있는 게 아닌가. 이런 마음으로 졸업했다가 어떻게 아이들 앞에 서겠는가. 늘 이런 걱정만이 가득했습니다.

그래도 시간이 흐르다보니, 그리고 실습을 통해 아이들을 직접 만나 함께했던 크고 작은 일들이 계기가 되어 지금은 생각합니다. 좋은 선생님이 되고 싶다고.

그래서 선생님이 학교에 도착하자마자 선생님을 향해 마구 뛰어오던 아이들 모습에 가슴이 뭉클해졌습니다. 내가 나중에 선생님이 되어도 아이들이 나를 보고 달려와줄까?

또하나, 어릴 적부터 글쓰기를 좋아했습니다. 특별히 잘 쓰는 건 아니지만 글쓰는 것을 싫어한다거나 거부감을 느껴본 적이 없이 그저 혼자 즐겼습니다. 중학교 다닐 때까지 각종 대회에 나가기도 하면서 글쓰기를 열심히 했지만 고등학교 와서는 그렇게 하지 못했습니다. 그러다가 대학에 왔고 긴 공백 때문인지 지금은 예전에 그렇게 좋아했던 시 쓰는 일을 하지 못합니다. 거의 매일 일기만 쓸 뿐.

선생님이 되는 일과 글을 쓰는 일. 제가 하고 싶은 이 두 가지 일을 다 하시는 분이 김용택 선생님이십니다. 그래서 선생님과의 만남을 더욱 기대했고 역시나 따뜻하고 정답게 대해주셨습니다. 늦었지만 그때 일 정말 감사합니다.

자주는 아니더라도 가끔은 선생님께 연락하고 싶어요. 괜찮으시죠?

날씨가 많이 추워지고 있는데 건강 조심하세요.

아이들과 즐겁게 보내시고요.

너무 짧았던지라 그날 아이들과 함께 더 즐거운 시간 보내지 못해 내내 아쉽습니다만 선생님과 아이들 모습 보고 온 걸로 만족하려 합니다.

그때 찍은 사진 보냅니다.

얼굴이랑 이름 기억 못하실 것 같아서.

안녕히 계세요.

오늘 쌍둥이 자매가 전학을 간다. 가슴이 찡하다. 더 잘해줄걸. 학생들 수가 적기 때문에 한 사람만 전학을 가도 교실이 텅 빈 것 같고, 마음이 그렇게 허전할 수가 없다. 나는 이렇게 평생 아이들을 떠나보내며 살았다. 어디 아이들뿐인가. 내 동무들도, 이웃들도 다 떠나보내며 살았다. 항상 한쪽이 허전하게 살았다.

도법 스님 만나고 오는 밤길.
비 오다.

강과 마을, 산과 들을 일절 고려하지 않은 파렴치한 찻길을 달릴 때면 나는 가슴이 아프다. 조금 더 빨리 가는 게 얼마나 삶에 보탬이 된다고.

다리와 길은 저토록 직선으로 산을 자르고 뚫고 강과 들과 마을을 건넌다. 산 때문에, 마을 때문에, 작은 도랑물 한 줄기 때문에 돌아가고 넘어가는 배려의 마음이 우리에겐 없다.

국토의 균형이 깨지고 있다. 우리 땅엔 강을 건너는 다리보다 산과 들을 건너는 다리가 더 많아졌다. 엄청난 교각은 마을을 위협하고, 넓디넓은 길엔 농민이 다닐 길이 없다. 산과 들이 아름답게 조화된 마을의 균형이 무지막지하게 깨지고 있다.

길을 작게 내고, 다리를 저리도 높고 크게 놓지 않아도 될 텐데. 도대체 무슨 음흉한 음모가 저 속에 도사리고 있기에 모든 공사가 다 대형인가. 이 정부는 역사에서 엄청난 비난을 받을 토건 사업을 지금 서슴없이 저지르고 있다. 돈 때문일 것이다. 제동장치가 없는 건설업자들과 건교부의 이 과다한 국토 유린 사업은 반드시 심판받아야 한다.

비

목마른 대지에
비 내리다.

비를 맞으며 기뻐할 나무들을 생각하며
나도 기뻐하다.

강 건너 마을 뒤에
은행나무도 샛노랗게 젖다.

젖어

산이, 강이, 빈 들이, 젖어 천천히 오래 눕다.

내 마음이 젖지 않으면 저 아름다운 젖음이 다 무슨 소용인가.

아침에 예영이와 하영이 쌍둥이 자매가 없으니 교실이 텅 빈 것 같다. 잘못했다고 나무란 일들만 가슴 아프게 살아난다.

아이들은 심심함을 모른다. 끊임없이 다투고 싸우고 울고, 무엇이든 가지고 논다. 살아 있는 것이건 죽은 것이건 그것이 아이들 놀잇감이 된다. 아니 아무것도 없어도 아이들은 재미있게 논다. 스스로가, 살아 있는 그 자체가, 일상이, 매 순간이, 아이들 자신이 놀이다. 위대하고 성스럽다. 생명력 넘치는 저 활기찬 역동성이, 생생하고 생동감이 넘치는 저 살아 있음이 환희다. 눈부신 생이다. 아이들은 오래 놀다가 싸우고 울고 끝낸다. 쓸데없는 생각으로 멍청하게 앉아 고민하지 않는 어린이의 마음이 부럽다.

아이들은 사색과 명상 따위는 하지 않는다.

형형색색으로 물든 낙엽들이 지다. 땅 위로 지다. 땅에 내려 촉촉하게 젖어 울긋불긋 형형색색으로 눕다. 그 옆에 나도 따라 눕고 싶다. 땅에다가 온몸을 대고 죽고 싶다.

오후에 시 낭송 심사에 갔다. 시 낭송 대회장에서 나는 우리 동시의 깊이와 넓이가 어디까지인가를 짐작했다. 관객들이 아무런 반응을 보이지 않는 이 심심한 상투성, 하품 나오게 지루한 도덕성, 훈시하려 드는 급훈 같은 엄격함, 지루한 설명, 턱도 없이 부족한 문학성, 어린이들을 무조건 철없이 보는 유치함까지, 우리네 어린이 문학은 아직도 전근대적이다. 시대적인 사명을 다해서 이제는 정말

폐기해도 될 것들이 죽은 시신을 끌고 돌아다니며 질질 짜고 큰소리를 지른다. 펄펄 살아 숨쉬는 어린이들의 일상을 죽은 것으로 만드는 이런 유치한 유희는 이제 그만두자. 문학은 죽어가는 것들을 살리는 것이다.

동시를 낭송하는 아이들을 보면서 나는 숨고 싶었다. 어른들의 잘못된 시 낭송이 살아 숨쉬는 아이들의 영혼을 얼마나 위축시키고 있는가? 앵무새처럼 어른 흉내를 그대로 내는 아이들 모습을 보며 나는 정말이지 울고 싶었다.

그렇게나 시끄럽게 재잘거리고 쿵쾅거리고 놀던 아이들이 시를 낭송하러 무대에 나오면 갑자기 유순한 머슴이나 노예가 되어버린다. 조심조심 천천히 걸어 들어오고 나가는 발걸음과 몸가짐이 완전히 죽은 송장이다. 시는 왜 그렇게 하나같이 아무런 표정이나 몸짓 없이 목소리를 죽여 읽는가. 가관이다. 저런 시 낭송 행사는 시를 완전히 죽여버리는 행사다. 살아 숨쉬는 아이들의 모습을 보고 싶다. 어른들이 바로 그렇게 시를 낭송하지 않던가. 이건 꼭두각시 놀음, 앵무새 놀음이다. 시 낭송 대회를 즐겁고 신나고 살아서 펄펄 숨을 쉬는 축제의 장으로 만들어가라. 낭송은 시를 살리는 일이고, 시를 재창조하는 행위다. 시를 쓰듯 시를 낭송해야 한다.

35년째 선생질(?)이 어렵고 힘들다. 그 많은 세월을 하루같이 살아온 날들이 지겨울 때도 있다. 현실과 내가 생각하는 교육이 너무 거리가 멀어 괴로울 때도 있다. 학교에서 유일한 위안은 언제나 아이들이었다. 아이들을 바라보면 늘 새로웠다. 그래서 힘든 순간들을 이길 수 있었다.

얼마나 많은 것들을 보고 겪고 싸우며 살았는가. 나는 타협하지 않았고 학교라는 울타리에 스스로 고립되어 버티었다. 그 얼마나 힘에 부쳤던가. 몇 날 며칠 말을 않고 지내기도 하고 싸우기도 했다. 학교에서의 내 생활이 너무 서툴고 세련되지 못했으며, 내게 인간적인 결함이 있다는 것을 알고 있었지만 나는 그렇게 지냈다.

이건 투쟁이 아니었다. 한 자유로운 영혼에 때를 묻히지 않으려는 개인적인 신념과 삶의 가치 문제였다. 하루하루가 견디기 어려워도 내 영혼을 그 어디에도 팔기 싫었다. 보여주려는 교육, 행사를 위한 교육, 전시를 위한 교육, 상을 타려는 교육, 점수를 따려는 그 어떤 교육 활동도 나는 싫었다.

그러면서도 나는 그런 교육적인 관행과 타성을 핑계삼으며 진정한 교육에 더욱 헌신하지 못했다. 나는 방기했고, 포기했으며, 유기했다. 마땅히 내 월급 얼마를 횡령한 셈이다. 울고 싶다. 더 적극적으로 교육에 열정을 바쳐야 했고, 실질적인 교육을 몸소 연구하고 실천해야 했다. 나는 교육 관료들의 인간적, 교육적 횡포의 저 무지하고 막강한 힘에 눌려 안이한 포기와 도피를 서슴지 않았다. 지금도 마찬가지다. 나는 또한 글 속으로 피난 가기를 서슴지 않았다.

이제 나는 교육에 지치고 늙어간다. 지금까지 나는 동료 교사 하나 벗으로 삼은 적이 없다. 그게 내 인간됨의 표현이 되었다. 진실이 통하는 사람다운 사람을 만나지 못했고 진정으로 교육을 걱정하는 선생을 만나지도 못했다. 헤어지고 하루만 지나도 같이 근무한 선생님 모습이 가물가물했다. 난 선생님들을 많이 사귀지 못하고 말았다. 그게 내 인간적인 결함이기도 한데, 선생님 사회에서만 그랬던 것도 아니다. 이해관계로 얽히고설킨 조직과 처세가 필요한 그 어떤 사회적인 대인관계도 나는 오래 지속하지 못했다. 나는 그런 관계를 지루해했다. 그런 관계에 익숙지 못했다. 오랫동안 괴로웠다. 앞으로도 나는 그럴 것이므로. 그러나 그러한 것들에 미련이 있을 만큼 내 정신이 빈약하지는 않다.

때로 그런 사회관계에서 불화를 겪고 괴로워하기도 했지만 진실을 버리지는 않았다. 나는 늘 나와 세상의 진실에 가까이 가고자 했다. 나는 언제부터인가 '진실'이라는 말을 좋아하게 되었다. 진실은 두려움이 없음을 알았다. 그게 요즘 내 생각이다. 나는 참 늦다. 왜 이리 늦는가. 다른 사람들이 진즉 겪어낸 것들을 나는 요즘에야 겪는다. 그래도 나는 내 생각을 바꾸거나, 버리거나, 고칠 마음이 없다. 내 곁에는 아이들이 있고, 대자연이 있다. 나는 문학과 예술을 사랑하고, 세상에 대한 나의 사랑은 아직 녹슬거나 식지 않았다. 분노는 나를 푸른 나무처럼 살아 있게 한다.

단풍 물든 산천에는

안개도 붉네.

안개도 붉어.

내 마음도 따라 붉어지네.

교실 대청소. 구석구석 치우고 쓸고 닦음. 사람 사는 곳은 왜 이리 늘 지저분한지 모르겠다. 썩지 않은 것들이 여기저기 구석구석에 쌓여 있다. 새똥, 낙엽, 죽은 풀과 나무, 죽은 동물들의 시체나 사람들의 시체, 다 썩는다. 썩는 것, 썩은 것들은, 사라지는 것들은 모두 자연으로 돌아가는 것, 그것이 자연이다.

딱새가 복도로 들어와 한참 동안 소동을 벌였다. 내가 새를 잡았다. 한없이 따사로운 새의 체온과, 뛰는 심장의 그 순결한 박동이, 무서워 우는 새소리가 내 깊은 곳을 울린다. 저 따사로운 몸, 저 뛰는 심장, 입을 좍 벌리고 우는 소리, 강 건너 짚 태우는 연기를 실어 가는 바람, 다 푸른 생명이다.

맑음

장학 협의차 장학사가 학교에 와서 우리 반 수학 시험을 보았다. 아이들 점수가 너무 안 좋아서 부끄럽다. 아이들에게 미안하다.

국어 읽기 시간이다. '마을 회의'라는 단원이 있다. 마을길을 넓히는 일 때문에 마을 회의가 열렸다. 책의 내용을 보면 길을 넓히자는 쪽과 넓히지 말자는 쪽 의견이 팽팽하다. 아이들에게 의견을 물어 너희는 어떻게 생각하느냐고 물어보았다. 여덟 명 중 일곱 명은 길을 넓혀야 한다는 의견이었고, 한 명만 반대 의견을 냈다.

아이들에게 그러면 나는 어느 쪽일 것 같으냐고 물어보았다. 여덟 명 중에 두 명은 선생님은 길을 넓히는 쪽일 거라고 했고, 여섯

명은 길을 넓히지 말자는 쪽일 거라고 했다. 나는 아이들이 평소 나의 사회활동을 보고 이 물음에 답했음을 확인할 수 있었다. 은희에게 왜 그렇게 생각할 것 같으냐고 물었다. 은희가 대답했다.

"선생님은 시인이기 때문에, 나무와 꽃을 사랑하는 사람이기 때문이에요."

은희는 덧붙였다.

"선생님, 서정시인이죠?"

"누가 그러대?"

"우리 어머니가요. 선생님은 농촌 서정시인이래요."

'이런? 이 무슨 소리여, 은희야!'

한빈이가 머리카락에 껌이 묻었다고 울었다. 그런데 누가 붙였을까. 강수, 용민이, 현수가 그때까지 껌을 씹고 있었는데 셋 다 절대 자기들이 붙이지 않았다고 항변한다. 도대체 그럼 누가 한빈이 머리에 껌을 붙였단 말인가. 거참! 하여튼 한빈이가 서럽게 울었다. 우리는 다 웃었다.

다은이만 빼놓고 모두가 구구단을 다 잊었다. 세상에 어떻게 1학기 때 외운 구구단을 다 잊어버린단 말인가. 머릿속이 텅 빈 것처럼 어리벙벙했다.

흐림

가을햇살이 너무 좋아 주머니에 들어 있던 손을 꺼내 햇살 속으로 내밀어 가만히 펴본다. 참 곱다. 산에 빈 들에 떨어진 나뭇잎마다, 운동장에서 뛰노는 아이들의 까만 머리통마다 떨어지는 햇살이 참 곱다. 바람이 없다. 아무 곳이나 다 곱다. 잎을 떨구고 있는 나뭇가지, 어렵게 달려 있는 단풍이 물든 나뭇잎, 서서 바람에 흔들리는 마른 풀잎……

단풍이 물든 지리산 피아골을 오르다가 땀 식히며 고운 단풍을 보고 있는데 아내가 그런다.

"저 고운 단풍 속에 녹색이 있으니 참 곱네."

그렇구나. 그렇다. 단풍이 물들지 않은 녹색 잎이 있어야 단풍이 물든 산이 곱다. 그 산에서 본 푸른 잎은 정말 찬란하게 푸르렀다.

오늘 아이들과 잘 지냈다. 매우, 만족스럽게 하루가 좋다.

잔뜩 흐림

민세 녀석 학교에 갔다. 민세 학교에 가면 늘 살아 있는 사람 냄새가 난다. 수능이 낼모렌데 아이들이 음악회에 나와 신나게 논다. 이 학교 아이들의 얼굴을 보면 살아 있다. 빗속에서 옷을 다 적신 채 흙탕물을 뒤집어쓰고 공을 차는 아이들 모습이 막강해 보인다.

이 학교에서는 아이들이 다 사람 대접을 받는다. 공부를 못한다고 기죽어 지내거나, 선생님과 친구들에게 무시당하는 경우가 없다. 똑같은 사람 대접을 받는다. 민세네 학교는 그런 학교다. 열린 공간과 터진 사고, 자유로운 생활이 아이들 얼굴을 살아 있게 해주고 사람 얼굴을 갖추도록 해준다. 민세에게는 그곳이 천국이다.

아이들과 어울려 생활하며 민세는 사람의 귀함과 행복의 맛을 배웠으리라. 어른이 되면 민세는 행복을 찾아가고, 만들며 살 것이다. 그게 역사여야 한다. 함께 더불어 행복을 만들어가는 공동체적인 삶을 학교에서 맛보도록 해야 한다. 시험에 따른 등수로 사람을 평가하지 말고 저마다 타고난 사람다움으로 세상을 꾸며가야 한다. 그게 이루어질 수 없는 이상이라고 해도 사람들은 적어도 그런 이상을 향해 나가야 한다. 너 죽고 나 사는, 추악한 경쟁을 제일로 사는 세상은 사람이 살 세상이 아니다. 하지만 우리가 추구해야 하는, 이루고자 하는 세상을 찾아보기가 무척 힘들다. 이 꿈 없는 삭막한 세계를 우린 그냥 무력하게 살아간다.

우리 아이들에게 우린 지금 무엇을 가르치는가. 어떤 사람이 되라고 가르치고 어떤 세상을 이루라고 가르치는가. 지금 우린 어디로 가는가. 채워지지 않고 헛배만 부른 부유함을 어찌할 것인가.

민세는 참 좋은 학교를 다녔다. 민세도, 나도, 우리 식구 모두 그 학교를 진정으로 사랑한다. 이런 메마른 세상이지만 그래도 그곳엔 사람들이 살고, 사람의 냄새가 난다. 가슴이 아려오고 피가 따뜻해진다.

한빛고등학교를 생각하면 사랑이란 말의 의미를 되새기게 된다. 잊지 못할, 민세에게, 나에게, 우리 식구에게 잊지 못할 곳이다. 나의 학교였으며, 그 학교를 다니지 않는 민해의 애틋한 꿈의 학교였고, 그 학교를 생각하면 그냥 눈물이 절로 나오는, 아내가 사랑하는

행복한 학교였다. 노래 공연을 하는 동안 아내 곁에 계신 교감선생
님은 내내 눈물 바람이셨단다. 아이들도, 나도, 아내도 선생님들도
다 그랬다. 그곳은 그렇게 눈물과 감동이 살아나는 곳이다.

낙엽들이 땅에 져서 아름답게 젖는다. 낙엽이 가리고 있던 강 건넛마을 집들이 한 집 두 집 나타난다.

학교에 오니, 은희가 달려오며 빼빼로 한 갑을 내민다. 오늘이 빼빼로데이란다. 참 별스러운 날도 다 있다. 공부 시작 전에 아이들과 빼빼로를 나누어 먹고 있는데, 강수란 놈이 또 빼빼로를 내민다. 까보니, 개뼈다귀같이 만든 빼빼로다. 참 별스러운 과자도 다 있다. 강수 이놈! 나보고 개뼈다귀 먹으라고? 아이들과 개뼈다귀 빼빼로를 재미있게, 맛있게 나누어 먹었다.

운동장가에 있는 벚나무 잎들이 정말 화려하게 곱다. 가만히 바라보고 있으면 내가 빨려 들어갈 것 같다. 내가 물들어버릴 것 같다. 나도 저렇게 형형색색으로 물들었으면, 그랬으면 좋겠네.

화단 앞 단풍나무 밑도 찬란하다. 눈부시다. 젖어서 아름답다. 학교 뒤꼍에 있는 나무나 풀잎 들도 참 곱다. 그림으로 그리고 싶다. 화가들은 다 어디서 무얼 하고 있는가. 화실에서 머릿속 생각을 가지고 끙끙거리고 있겠지. 자연을 이해하면 세상을 이해할 수 있다. 자연을 이해하면 세계 질서를 배울 수 있다. 모든 철학과 예술이 자연에 살아 숨쉰다. 나는 곳곳으로 눈을 준다. 다 좋은 날이다. 단풍이 물든 낙엽 위로 떨어지는 가을햇살, 마른 풀잎을 스치는 바람 한 줄기로 나는 행복하도다.

쌀쌀한 바람이 나뭇가지를 흔들고, 빈 나뭇가지들은 윙윙 소리를 낸다. 바람 불 때 나뭇가지에서 윙윙 소리가 나면 겨울이다.

수학시간이다.
아이들이 좋아하는 계절을 조사해서 그래프를 그린다.
은희가 묻는다.
"선생님은 무슨 계절을 좋아하세요?"
"봄."
"역시 선생님이다."
"왜?"

"선생님은 시인이잖아요."

옆에 있던 현수가 거든다.

"꽃도 피고."

바람이 불고 운동장 가득 낙엽들이 뒹굴어 다닌다. 나뭇가지에 달린 단풍 고운 벚나무 잎들이 팔랑인다.

비가 갠 날씨가 좋기에 점심 먹고 뒷산 빈 밭에 감 보러 간다. 감나무 밑에 서서 감을 올려다보다가 주먹만한 돌멩이를 주워 감을 보고 힘껏 날린다. 가지가 돌멩이에 맞더니, 감 하나가 툭 떨어진다. 얼른 달려가보았더니, 돌멩이를 맞고 떨어진 감이 물찌똥처럼 철퍼덕 깨져 박살이 나 있다.

다시 시도하기로 한다. 주위를 둘러보니, 나무막대기가 있다. 막대기로 감이 달린 가지를 툭 때렸더니, 맥없이 감이 떨어진다. 나무막대기를 놓고 감이 떨어진 곳으로 달려갔다. 감이 마른풀 넝쿨 위에 얌전히 떨어져 있다. 감꼭지를 쏙 빼고 감을 두 쪽으로 쪼갠다. 약간 무르지만 서슬이 파르르하다. 나는 이런 감을 좋아한다. 홍시보다 약간 떫은 기가 껍질에 남아 있어야 감맛이 제대로 난다. 감을 먹으려고 껍질을 보았더니, 파리똥만한 하얀 벌레 똥이 묻어 있다. 벌레 똥이 묻은 껍질까지 입에 넣는다. 오! 이 맛이다. 밥을 금방 먹어서인지 감 하나 먹었는데 배가 꽉 차는 느낌이다.

감을 다 먹고 감나무를 올려다본다. 아직도 감은 많이 달려 있다.

추운 겨울이 올 때까지 나 혼자 배불리 따먹고도 남겠다. 열두 개도
더 남겠다. 따지 못한 감들이 여기저기 감나무에 붉게 달려 있다.

서리 내리고 바람 찬 늦가을이다.

아이들과 지내는 나날은 전쟁 같다. 끝없이 시비, 다툼, 간섭, 감시(?), 처벌(?), 공갈(?), 협박(?), 훈시, 훈계를 해야 한다. 조금만 방심하거나 틈을 주면 아이들은 그 방심의 틈을 뚫고 물처럼 새어 나간다.

아침에는 ○○이가 일기를 안 썼다. 집에서 쓰지 않은 아이들은 아침에 학교에 와서 일기를 쓴다. 다른 아이들이 일기를 쓸 때 ○○이는 그냥 논 것이다. 다른 아이들을 보면서 자기도 써야겠다는 생각이 들었을 텐데, ○○이는 아무런 대책 없이 일기도 안 쓰고 놀았다. 이상하지 않은가? 내가 어쩌자고 일기를 안 썼느냐고 물어보면 아무 대답도 못한다. 혼날 걸 감수하고 그랬을까. 아니면 요행수로 내가 검사를 하지 않기를 바랐을까? 모를 일이다.

○○이는 또 세수를 안 했다. 세수도 안 하고 토요일에도 안 해온 숙제를 또 안 해왔다. 어쩌자고 숙제를 안 했느냐고 물어보자니 힘이 달린다. 에라, 한번 혼나고 말지 하는 배짱이었을까? 아니면 내가 그냥 잊고 지나가길 바랐을까? 알다가도 모르겠다.

오후에는 다은이 사물함에서 며칠 지난 우유가 나왔다. 먹기 싫어 거기에다가 감추어뒀단다. 혼자 남으라고 하고 혼을 냈더니, 닭똥 같은 눈물이 쏙 빠진다. 나는 이렇게 산다. 입에서 쓴 내가 날 때가 있다. 그렇게 눈물 쏙 빠지게 혼을 내도 아이들은 금방 또 다가와 안긴다.

어제와 그제 이틀간 지리산과 섬진강을 따라다녔다. 섬진강 구석구석을 돌아다녔다. 아름다운 곳들이 참 많았다. 그러나 사람들이 곳곳을 파헤치고 허물고 있었다. 사람들의 끝 모를 탐욕이 노골적으로 드러나 땅과 강을 죽이고 있는 모습은 참담하고 무서웠다. 섬진강의 좋은 모래와 강변에 닥친 위기는 이미 위험 수위에 육박했다. 곳곳에서 모래밭이 사라지고 자갈이 드러나고 있으며, 골짜기들은 몸살을 앓다 못해 중병을 앓고 있다. 여기저기 쌓은 강둑들이 일으키는 부작용이 강을 죽이고 있다.

특히 쌍계사 계곡은 위험 수위를 훨씬 넘었다. 욕 들어먹을 소리인 건 알지만, 차라리 쌍계사 계곡 벚나무를 다 베어내 꼬이는 사람들을 막으면 계곡을 살리는 일이 되리라. 쌍계사 올라가는 왼쪽을 개발하고 있는 모습은 숨이 턱 막히게 한다.

절들이 산천을 다 죽인다. 여기저기 절을 증축하며 아름다운 경관을 죽이는 일에 절들이 앞장서고 있다. 집을, 절을 더는 짓지 마라. 도대체 절을 그렇게 크고 웅장하게 지어야 할 이유가 무엇인가? 산과 계곡을 무시한 절과 집 들이 이 땅의 아름다운 산을 다 죽인다. 나라의 세금을 가져다가 나라의 땅을 망치는 저 무모한 건축물들을 더는 짓지 못하게 해야 한다.

날씨가 추워졌다. 바른생활 시간에 북한과 남한의 다른 점을 가르쳤다. 책에 등하교 때의 모습이 나온다. 북한 어린이들은 교복을 입고, 줄을 서서 등교하는 모습이다. 어릴 때 동네 아이들이 다 모여 깃발 들고 줄을 서서 강변길과 논두렁길을 따라 학교에 가던 생각이 났다. 참, 별일도 다 있었다. 왜 논두렁길이나 강변길을 줄을 서서 갔는지, 지금도 나는 그 이유를 확실하게 말하지 못하겠다. 도로는 차가 위험해서 그렇다 치고, 어째서 강길과 논두렁길까지 키대로 줄을 서서 갔단 말인가. 북한 어린이들이 빨간 스카프를 목에 두르고 손을 힘껏 휘저으면서 어디론가 가는 모습은 아무래도 좀 어색하기만 하다.

찬바람이 분다. 겨울이다. 강 건너 밭이 다 비었다. 산도 강도 쓸쓸하다. 그 풍경을 바라보는 내 마음도 쓸쓸하다. 텅 빈 쓸쓸함이 좋을 때도 있다. 아이들은 운동장에 나가지 않고 교실에서 먼지를 일으키며 뛰어논다. 다은이 조게 참 부산하고 엉뚱하다. 희창이는 말을 부드럽고 똑똑하게 한다. 틀리건 맞건 자기 생각을 뚜렷하게 말하는 습관이 필요하다. 아이들이 가지고 있는 생각을 맘껏 말하게 해주어야 한다. 나는 아직도 그런 기술이 모자란다. 아이들 마음이 구겨지거나 오그라들어선 안 된다. 마음을 쭉 펴게 해야 한다.

　서리가 왔다. 서리 맞는다더니, 샐비어가 정말 '된서리'를 맞았다. 어쩌면 한 송이도, 한 잎도 안 남고 저렇게 일제히 시들어 죽어버릴 수 있단 말인가. 자연은 때로 저렇게 냉정하게 예외도 용서도 없다.

맑음.
낙엽들이 거의 다 졌다.
그 위에 서리 내리다.
빈 들에도 서리 하얗게 내리다.

　몇십 년 만에 어제는 '전라북도 지정 평생교육시범학교 운영보고회의 평생교육프로그램 운영을 통한 지역주민 삶의 질 향상'이라는 무지무지 거창하게 긴 이름으로 된 보고회에 다녀왔다. 몇십 년 만에 연구학교에 찾아갔지만 변한 것은 거의 없었다. 다만 차들이 학교 운동장을 꽉 메우고 있을 뿐이다. 제복 입은 그 학교 아이들이 도로까지 나와 안내를 하는데, 그런 모습을 한 아이들이 교문에도, 회의장 입구에도 서 있었다. 바람 불고 날씨도 추운데 이 무슨 어줍은 격식인가.

　보고회의장에 전시된 서예작품과 그림과 도자기와 테라코타와 종이 공예는 거의 그 지역 학부모들의 작품으로 보기에는 너무 수준이 높은 유화와 수채화와 종이공예작품들이었다. 거기 전시된 작품들이 그 수준이라면 놀라울 뿐이다. 학부모들이나 주민들에게 그 정도 수준의 작품을 내놓도록 가르쳐야 했다면 아이들은 제쳐두고 학부형들만 가르쳐도 모자랐으리라.

연구수업을 하는 곳이나, 연구발표를 하는 곳에 가보면 나는 힘이 빠진다. 이를 위해 학생들이 얼마나 수업을 희생했을 것이며, 선생님들은 또 얼마나 많은 고민과 수고를 했을 것인가. 나는 지나가는 사람들을 붙들고 묻고 싶었다. "저 작품들이 진짭니까?" 저 부끄러운 거짓 덩어리들이 나를 눌러 죽일 것 같았다. 공포를 느꼈다. 그곳에 모인 교육자들이 무서웠다. 이게 교육이다. 이 '무서운 교육'이 우리 교육의 현주소다. 시대에 뒤떨어진, 세상 어느 나라에도 있을 것 같지 않은 지루함과 고루함. 낡아 너덜거리는 거지 몰골을 한 교육이, 교육이라는 그럴듯한 새 옷을 걸치고 버젓이 떵떵거리는 참담한 현실이다. 죽고 싶을 정도로 부끄러운 현실이다. 디지털 시대면 거기에 맞는 내용을 채워야 하는데 갓 쓰고 자전거 타고 달리는 어정쩡한 모습이 우리 교육이다.

연구학교에 있는 교사에게는 많은 점수를 준다. 그래서 연구학교마다 선생님들이 미어터진다고 한다. 점수를 따려는 이유에서다. 연구수업이 교육에 다시 투자되기는커녕 점수 따는 행사에 그치고 마는 경우가 더 많다. 교사들의 재교육 또한 교육을 위한 것이 아니

라 교육과 아무 관련이 없는 점수만을 위한 재교육일 때가 많다고
한다. "많다고 한다"며 남의 동네 이야기하듯 말하는 것은 나는 한
번도 그 동네를 기웃거리지 않았기 때문이다. 그 동네 소식을 전혀
모르기 때문이다.

흐림

비가 오려는지 날씨가 꾸무럭거리네. 오후에는 해 나왔다. 강 건 넛마을이 나뭇가지 사이로 보인다. 낙엽이 다 졌다. 가을 다 가니, 심심하다. 저 심심함에 또 마음이 가닿으리라.

뉴스를 보니, 교원자격증에 대한 새로운 시안이 나왔다. 내용이 어떻게 될지 모르겠다. 나는 평소 교사들을 교육하는 방법에 불만이 많은 사람이다. 교사 교육은 역사와 사회, 예술에 인문학적인 소양을 갖춘 통합적인 사람, 우리가 사는 세상을 종합 분석하고 판단, 비판할 수 있는 도덕적인 사람을 길러내야 한다. 말하자면 잘 가르치겠다는 생각보다는, 좋은 사람으로 교육하겠다는 교사로서의 신념과 확신에 바탕을 둔 지식을 갖춘 지성인을 길러내야 한다. 그러나 막 선생님이 되어 교단에 선 교사들을 보며 나는 실망한다. 신문 하나 제대로 읽지 않고 교장과 교감 말에 순응하고 복종하는 맥없는 선생님들이 대부분이기 때문이다.

인간으로서, 독립된 인격체로서 교육에 대한 신념과 철학을 가지고 있는 소신 있는 선생님을 나는 만나지 못했다. 교장과 교감에 대항하라는 말이 아니다. 교육과 세상에 대해 자신의 의견을 개진하고 주장하라는 말이다. 어른으로서, 독립된 인격체로서 이 사회에 독립된 인간임을 선언하는 교사를 길러내야 한다.

문학과 예술, 사회와 역사, 철학과 시를 이해하는 전인적인 인간을 길러내야 한다. 지금 같은 교사 교육 체제로는 변화하는 세상에 맞는 교사를 길러낼 수 없다. 교대를 사범대학과 통합해야 한다. 그러나 자기 밥그릇을 지키고 가득 채우겠다는 교육 관료들과 대학교수들의 극단적이고 치사한 이기주의와 무지한 신념(?)을 보면 앞날이 암담할 뿐이다. 이 나라 도처에서 일어나는 나라 망치는 밥그릇 싸움이 우리 삶을 황폐화하고 있음을 우리 모두 알아야 한다.

교대를 사대와 통합하라! 교사가 될 교육대학 학생들에게 폭넓은 인간 교육이 절실히 요구된다. 세계는 어지럽게 돌아가는데, 교사 교육은 딱딱하게 굳어 변화를 수용할 줄 모른다. 대학에 들어가기만 하면 그만이라는 안이한 교육대학 제도를 시급히 개선해야 한다. 어떻게든 교장이 되면 그만이라는 안일무사주의와 교대는 닮은 꼴이다. 둘은 함께 썩어간다. 어떤 식으로든 교대를 개선하고 교장 승진 제도와 아무런 제재 장치도 없는 교장 중임 제도를 철폐해야 한다. 교장 임용 제도를 하루 빨리 개선하라. 그래야 조금이라도 교육이 살아난다.

수능 끝났다.

아이들아, 초등 6년, 중고등학교 6년, 12년 동안 애 많이 썼다.

하루 동안 몇 문제로 12년 인생을 평가받는다.

얼마나, 얼마나 애를 썼느냐.

그 펄펄한 피를 누르며 얼마나 애를 썼느냐.

아침안개.
창밖이 전혀 안 보이게 하는 희뿌연 안개, 안개네.

때론 입술을 깨물고 이를 악문다. 너를 이기려는 게 아니다. 내가 바로 서려는 거다. 내가 바르게 살려는 거다. 이건 사랑이다. 놀라운 사랑의 깨달음이다. 사랑의 획득이다. 산이 넘어지며 밀어도 끄떡없고, 꿈쩍 않는 막강한 사랑이다. 사랑을 넘어선 높은 도덕의 힘이다.

때론 입술을 깨물고 이를 악문다. 너를 이기려는 게 아니다. 사랑의 자세를 바로 세우려는 거다. 만인을 위한 사랑, 진실과 진리를 지키려 끝없이 싸우는 사랑, 세월이 가도 죽지 않는 사랑, 타협 없는 사랑만이 세상을 사람들 세상으로 바꾼다.

아내에게서 늘 새로움을 발견한다. 내 아내는 이렇게 넓고 깊은 사람인가보다. 아니, 사람은 다 그렇다. 다만 우리가 습관처럼 눈을 감고 살기에 느끼지 못할 뿐이다. 아내가 내게 처음으로 새로워지면 그게 사랑이다. 아내에게 느낀 이 한없는 사랑이 내 아이들과 세상으로 아름답게 번져나가고 스며든다. 아내에게 깊이 다가간다. 사랑은 아름답게 번지는 꽃물결 같다. 아내에게 느꼈던 바위 같은 믿음과 사랑을 잊지 말자. 그 사랑의 길로 나는 세상을 갈란다.

오늘도 희창이는 시를 쓴다.

눈 덮인 산

산은 눈을 좋아하네.
겨울이 와서
눈이 오면
눈보고 나한테 떨어지라 그러네.

아침에 안개

오늘 아침엔 일어나기가 싫었다. 학교에 안 가고 그냥 푸우욱 잤으면 좋겠다는 생각을 잠깐 했다. 그래도 차를 타고 학교에 와 운동장에서 놀고 있는 아이들을 보니 힘이 난다. 아이들만 보면 모든 걸 다 잊는다. 아이들의 몸짓, 움직이는 반경, 자연, 고함 소리, 싸우는 소리, 떠드는 소리 들이 요즘은 짙은 안개 속에 있다. 꿈속 같다.

입시철이다. 실망과 낙담과 절망 속을 헤맬 어린 영혼들이 손에 잡히는 것 같다. 한 줄로 줄을 세우는 이 처절한 교육제도 속에서 내 아들은 어디만큼, 몇 등쯤에 서서 벌벌 떨고 있을까.

오늘은 아이들을 일찍 보내주었다. 아이들이 환호를 한다. 집에 가는 것이 그리 좋은가? 아니면 교실을 벗어나는 것이 그리 좋은가? 아니면 공부를 안 하는 것이 그리 좋은가?

오후에는 날씨가 확 풀렸다. 오후에는 이리도 푹하고 따뜻한 날씨가 이어진다. 날씨가 따뜻하면 불안하다. 겨울은 추워야 한다. 나 어릴 적엔 겨울은 늘 삼한사온을 반복했다. 사흘 춥고 나흘 따뜻한 겨울이 참 신기했다. 봄날 아지랑이가 사라지고 겨울 삼한사온이 사라졌다. 1시쯤 아이들을 보내주고 3시에 밖을 내다보니 그때까지 강수, 현수가 운동장에서 뛰놀고 있다. 조놈들은 교실이 싫고, 공부가 싫은 것이다.

옛날에는 아이들과 공도 많이 찼는데, 요즘은 몸 움직이기가 싫다. 펄펄한 치기가 조금은 식었는지도 모른다. 세월이 참 빠르다. 여기서 나고 여기서 자라고 여기에 사는 내 삶이 나 스스로 신기할 때가 있다.

앞산을 이리 오래 바라보아도 질리지 않는다. 때로 앞산을 바라보고 있으면 가슴이 더워진다. 수많은 세월, 한곳을 배회하고 바라보고 응시하며 이렇게 보냈다. 내가 초등학교 1학년 때 보았던 소나무의 작은 구멍에 이제 내 머리도 들어간다. 그때는 새끼손가락도 들어가지 않았는데…… 머리를 빡빡 깎고 뛰놀던 운동장, 책보를 둘러메고 집으로 뛰어가며 바라보던 빗줄기 속 작은 내 모습이 보인다. 젊었던 살구나무와 소나무와 벚나무가, 단풍나무가 다 늙었다. 나도 저 나무들처럼 저렇겠지? 한곳에 이리 오래 있어도 좋다.

나는 잘 살았다. 내가 나를 잘 안다. 나는 이렇게 사는 게 어울리는 아주 촌사람이다. 사람들에게 좋은 촌사람으로 남으면 좋겠는데 세상을 살다보니 나도 닳았다. 더 순수하게, 순진함을 간직하고 살았어야 하는데 말이다. 그래도 이만큼 산 내가 내게 어울린다. 강가에 서 있는 나무처럼 산 세월이다. 내가 그러길 바라지 않았던가. 어디다 고개 숙이고 살지 않으려 노력했다. 때론 힘들었으나, 아이들이 옆에 있어 행복했다. 지금도 그렇다.

해가 진다. 산그늘이 내려온다. 운동장을 덮는다. 집에 갈 시간이다. 언제까지 나는 저 산그늘을 따라다닐 것인가. 아이들이랑 산그늘 내린 강물을 따라 걸을 때가 있었다. 행복하다.

섬진강 적성댐 때문에 빚어진 마을 사람들과의 갈등, 그들의 나에 대한 불만과 반목은 어쩔 수 없는 일이다. 나는 사심이 없었고, 지금도 그렇다. 나는 강을 지킬 것이다.

아침에 안개

아침에 안개가 짙으면 그날 푹하고 날씨 좋다는 것은 우리 반 아이들도 다 안다. 희창이가 아침에 안개를 보며 나에게 그랬다.

인간들은 믿지 않으려 하니 내 마음 절대 주지 말자고 해도 잘 안된다. 그런 사람이 늘 당하고 사는 것 같아도 아니라는 것을 나는 잘 안다. 양심이 시키는 대로 따라하면 된다. 양심과 진실을 표현하며 사는 사람이 정직한 사람이다. 이제 양심 같은 것은 진즉 걸레처럼 팽개치고 사는 사람이 많다. 그래도 나는 안 그럴란다. 나는 그렇게 모진 사람이 못 된다. 이해관계가 없으면 눈곱만큼도 남을 생각하지 않고 안면을 몰수하는 철면피 놈들 때문에 괴로워도 나는 그렇게는 못 산다.

다은이 글은 눈물 나온다. 다은이 마음을 여기다가 그대로 옮긴다.

아빠

난 아빠가 업다. 그레서 매일 아빠가 보고 십다. 그레서 난 매일 아빠가 밉다. 아빠가 어디 있는지 소식이 업다. 그레도 난 아빠가 정말 좋다. 언젠간 우리 아빠를 찾아서 꼭 껴안아줄 거다.

오늘 다은이 일기로 내 일기 끝이다. 날아! 다시 오지 않을 하루야! 하루 종일 밝고 환해라.

태환이 형 죽다.

마른 들판에

달빛이 가득하고

찬 서리 쳤네.

형! 진짜 미안허네.

마른 지푸라기 같은 형의 가난

밤바람 부는 겨울산 참나무 잎 같은 형의 외로움 한 잎에

나는 술 한잔 붓지 못했네.

이렇게 달이 밝은 밤 술병을 들고 형을 한 번이라도 찾을걸

나 그러지 못했네.

형의 외로움에 술 한잔 따르지 못한 내 속 좁음이

이리 걸리고 꼭 미안혀 죽겠네 내가 미워 죽겠네.

동네 사람 누구 하나 형의 곁에 따뜻하게 서지 않았지.

마른 들판 같은 형의 가난

술로 버틸 수밖에 없었을 마른 참나무 장작 같은 형의 외로움이

이 뼈에 사무치네.

형!

나 진짜 눈물 나네.

홀로 외로웠을 형의 외로운 날들이 몸서리가 쳐지네.

형 잘 가소!

빈 들판에

달이 높네.

형의 눈물이 얼었을 저 마른 들 지푸라기들이

달빛에, 달빛에, 젖어 어네.

형 어디로 가고 싶었겠지.

동네 사람들이 다 싫어하는 날들이 무서워

아내와 아들 둘이 있는 곳으로 가고 싶었겠지.

형은 그래서 늘 차부에 가 있었지.

그래서 그렇게 시골 차부에서

비명횡사했는가.

형! 사는 게 정말 부질없고도 부질없네.

형이 가고

저 달빛 아래 무엇이 남는가.

무엇이 남아 저 달빛 아래 반짝인단 말인가.

다만 찬 서리 친 마른 들판에

지푸라기들만 서걱거리며 반짝이네.

형!

형!

형! 꽝꽝 언 들판 달이 저리 높네.

형, 형에게 진짜 나 잘못했어.

달빛 속을 흐르는 저 검은 강을 따르지 말고

형! 달을 따라가소.

훤한 달을 따라가소.

안개, 날마다 안개

수능 비리로 나라가 시끄럽다. 사안으로 봐서 나라가 들썩일 만한 일이다.

그런 시험 부정이 아이들 세계에서만 벌어지는 건 아니다. 나는 통신대학을 2년간 다니다 관두었다. 속칭 커닝을 안 하는 선생님을 한 사람도 못 만났으니까. 때론 교수들과 짜고 교수들이 알려준 문제로 시험을 보기도 한다. 도대체가 말도 안 된다. 선생들이 그렇게 부정행위를 한다. 어디 그곳뿐인가. 모든 교사 강습에서 부정 시험이 판을 친다. 아무런 부끄러움도 없이 공공연하게 부정이 일어나고 있다. 누구도 그걸 거부하지 않는다. 고발하지도 않는다. 강습 현장에 가보면 더럽고 치사하기 그지없다.

“이 땅의 어른들 중 죄 없는 자 있으면 저 아이들에게 돌을 던져라.”

부끄럽다. 자기들은 수단 방법을 가리지 않고 온갖 부정을 저지르면서, 그걸 보고 자라 그대로 배운 아이들을 어떻게 탓한단 말인가. 우리가 사는 세상이 부끄럽다. 그리고 나는 놀란다. 부정을 한 학생들 때문에 놀란 게 아니라 부정 시험을 보았다고 놀라는 모든 언론과 교수들의 근엄한 진단과 대책을 보며 나는 정말로 놀란다.

안개가 걷히고 나면 날이 정말 좋다.
너무 푹하고 따뜻하다.
날씨가 이렇게 따뜻하면 불안하다.

3교시 때 아이들이 음악수업을 가고 나 혼자 교실에 앉아 있는데, 창밖 좁은 턱에 내놓은 팔손이나무 화분에 어른 손만한 새가 두 마리 날아와 나란히 앉는다. 이름은 잘 모르겠다. 가슴이 두근거린다. 살며시 일어서니 날아갔다가는 또 온다. 어찌 왔을까?

4교시에도 혼자 있는데, 복도에서 툭툭 소리가 난다. 어? 딱새 한 마리가 복도로 날아들었다가 밖으로 나가려고 유리창에 머리를 부딪치며 날개를 퍼덕거린다. 창문 위아래를 열고 새를 쫓으니, 새는 열린 창문으로 휙 날아 뒤꼍 살구나무 가지 밑에 가 앉는다. 그때 어디서 왔는지 딱새 암놈이 날아와 옆에 앉아 꼬리를 까불어대며 운다.

이따금 새들이 이렇게 우연히 열린 유리창으로 들어온다. 새가 퍼덕거리며 복도를 날아다니면 아이들이 난리다. 아이들이 새를 잡으려고 쫓으면 새가 이리저리 날아다니다가 지쳐 복도 바닥에 내려앉고 만다.

방학이 끝나고 학교에 오면 유리창 밑에 새들이 죽어 있다. 까치도 죽어 있다. 유리창에 비친 산과 나무 그림자를 진짜 나무로 알고 평상시처럼 날아가다가 머리를 부딪쳐 죽은 것이다. 거참 허망한 일 아닌가?

아이들과 나란히 서서 오줌을 누면 어쩐지 정답다. 오늘은 우연히 용민이하고 오줌을 누었다. 변소 창밖으로 보이는 하늘이 참 파랗다. 용민이 고추를 슬쩍 넘겨다보려고 하니까 용민이가 몸을 휙 트는 바람에 오줌이 변소 들어오는 복도 쪽으로 나가버렸다. 복도를 지나가는 아이들은 깜짝 놀랐다.

점심시간에 탁구를 치고 나오니, 강수와 한빈이가 내게 온다. 누가 이겼느냐고 묻기에 내가 짱이라고 했더니, 내 손을 슬그머니 잡으며 "선생님, 우유 먹으면 안 돼요?" 한다. 요것들 좀 봐라. 내가 기분이 좋은 것을 눈치채고 부탁을 한다.

아이들은 초코우유나, 딸기우유를 잘 먹는다. 그냥 우유는 잘 먹지 않는다. 우유팩도 아무 데나 버리므로 우유를 다 먹을 때까지 지켜봤다가 우유팩을 씻으면 내가 보관을 해야 한다.

 조금만 방심하면 아이들은 터진 쌀자루처럼 샌다. 그래서 선생은 잘다는 소리를 듣는다. 당연하다. 아름다운 일이 아닐 수 없다. 나는 날마다 아이들에게 바로 앉아라, 연필을 왜 그렇게 쥐냐, 기역자가 그게 뭐냐, 이응을 왼쪽으로 돌려야지 왜 오른쪽으로 돌리냐며 가르친다. 하루의 생이 이 아니 아름답지 않은가?

맑음

잎 다 졌다. 나무들이 잎을 다 떨구고 가만히 서 있다. 벚나무 가지를 올려다보니, 꽃눈이 있다. 내년 봄이면 꽃이 환하게 피어날 것이다.

구구단 중에서 아이들이 제일 못 외우는 단은 7, 8단이다. 그중에서도 8 곱하기 8이다. 아이들은 거의 다 8 곱하기 8을 63이라고 한다. 어떤 땐 나도 헷갈린다.

책상을 대충 정리하고, 문을 닫고 불을 끄고 열쇠통을 눌러 교실 문을 잠근다. 이럴 때면 문득 아이들과 지낸 하루가 떠오른다. 길고 긴 것 같은 하루, 오! 이런, 이 긴 하루 아이들이 모두 돌아가버린 텅 빈 복도를 걸어 나온다. 그렇구나! 나는 이렇게 35년을 하루처럼 아이들과 살았구나. 복도를 울리는 내 발소리를 들으며 계단을 내려가 텅 빈 운동장가에 선다. 아직은 지지 않은, 그러나 다 시든 국화꽃들이 산그늘에 묻혀 초라하다. 해가, 짧은 11월의 해가 넘어갔다. 운동장가 벚나무 가지들이 앙상하다. '오늘 하루 나는 아이들에게 무엇을 잘못했는가' 속으로 묻는다.

아침에 교문으로 올라가니 다은이가 "선생니임" 하며 비탈진 교문에서 뛰어 내려온다. '다은이 뒤엔 희창이가 있지' 생각하는데 과연 희창이가 모퉁이를 돌아 내려오다가 나를 보자 크게 인사를 한다. 다은이가 내 손을 잡는다. 차다. 차다고 하니 다은이가 내 얼굴에 손을 댄다. 흠칫 놀랐다. 손이 오리발처럼 빨갛다. 희창이를 따라 한빈이, 종현이가 뛰어온다. 한빈이가 새 점퍼를 입고 왔는데 잘 어울린다. 풀잎처럼 산뜻하고 예쁘다. 자연에서 자란 해맑은 소년이다. 종현이가 나더러 "선생님, 왜 오늘은 차 안 타고 오세요?" 한다. 걸어왔다고 하니 "우와! 멀었겠다" 하며 뛰어간다.

2학년 아이들의 몸짓은 어찌 저리도 빛나 보이는지. 사심이 없는 아이들의 몸짓은 늘 눈이 부시다. 이 세상에 사심 없이 뛰노는 아이들은 나무들같이 순수하다. 깨끗한 자연의 모습들이 햇살 속을 뛰어다닌다. 운동장에 난 잔디에 서리가 하얗다. 아이들이 저 서리를 밟고 뛴다. 아니, 튄다.

이 세상 모든 사람들 중에서 나는 초등학교 2학년 아이들을 제일 좋아한다. 그래서 나는 오랫동안 2학년과 같이 지냈다.

오늘도 구구단을 외웠는데, 다은이는 또 8 곱하기 8은 63이라고 한다.

교실이 훈훈하다. 2년 전부터 석유난로 대신 심야전기를 이용한 충열식 난로를 놓았다. 장작을 가지고 와서 난로를 피워 도시락을 구워먹고 고구마를 구워먹던 시절을 지나, 조개탄(아! 진짜 조개탄 불 피우기는 힘들었다), 갈탄 시대를 지나, 석유를 땠다. 모두 교실 공기를 맵고 탁하게 하던 난로들이었다. 특히 조개탄을 땔 때 교실엔 오소리 잡으려고 오소리 굴에 연기를 피운 것처럼 연기가 가득했다.

수업이 끝난 후 교실에서 아이들하고 이리저리 앉거나 서서 낱말 잇기를 한다. 아이들이 잘도 낱말을 찾아 잇는다. 웃고 떠들며 하는 놀이가 재미있다. 요즘 들어 아이들 모습이 환해 보인다. 이럴 때가 제일 편하고 행복하다. 아이들이 내 눈에 환하게 보이면 내 마음도 싱그러워지고 한없이 환해진다. 아이들과 노는 이 평화로움은 나의 영혼을 깨끗하게 해준다.

어제 공부시간에 되게 혼을 냈던 ○○이 마음이 서서히 풀린다. 나는 ○○이 마음을 편안하게 풀어주어야 한다. 공부시간에 혼을 자주 내니 아이들도 ○○이를 만만하게 볼 때가 있다. 이런 관계는 빨리 회복해야 한다. 요사이는 거의 풀렸다.

나도 자제하지 못하고 공부를 못한다는 이유로 아이들 마음을 아프게 할 때가 있다. 초등학교 선생님은 자제력을 가져야 한다. 참고 아이들을 한 사람으로서 존중해야 한다. 인격을 가진 독립된 인간으로 대해야 한다. 가르쳐야 할 대상으로 봐선 안 된다. 그 사실을 잘 알면서도 아이들을 함부로 대할 때가 많다. 부끄럽다. 인간으로서 인간에 대한 태도가 어때야 할지를 생각하면 나는 얼굴이 후끈거린다. 때로는 잠을 설치기도 한다. 내가 왜 그랬을까. 조금만 참으면 되는데 왜 혼을 내고 심하게 꾸중했을까. 정말 다시는 이런 일이 없어야겠다고 다짐하고도 또 그런다.

비 맞으면 지워지는 것들과 비 맞으면 살아나는 것들이 있다. 달 뜨면 살아나는 것들이 있고, 달 뜨면 숨는 것들이 있다. 비비고 닦고 닦아도 드러나는 얼굴이 있다. 사랑하는 여인의 얼굴이 그렇다. 자연이 드러내주고, 자연이 숨겨주는 것들은 다 아름답다. 비 맞은 강 건너 뒷산을 올라가는 길이 촉촉하게 젖어 드러나 있다. 텅 빈 길이다. 저 길은 비가 안 와도 뽀얗게 드러나 있고, 달이 뜨면 희끄무레하게 드러난다. 비 맞은 마을이 숨었다.

희창이와 용민이, 두 놈이 구구단을 안 외워왔다. 파리채 자루로 손바닥 한 대씩 때렸다. 오늘 집에 갈 때까지 못 외우면 안 보낸다. 어떻게 다 외운 구구단을 다 까먹어버리느냐고요?

박범신 형한테 전화가 왔다. 서울에 눈발 날려 술 마시다가 전화 했다고.

"야, 김용택 너, 정년퇴직 때까지 참고 선생 혀야 혀, 알았제?"

알았다고 크게 대답하니 눈시울이 뜨거워진다. 옛날 초등학교 선생을 한 형이 내 맘을 이해해주는 것 같았다. 내 외로움과 내 가치를 인정해주는 것 같았다.

아침에 다시 천담길 이야기를 했다.

그대로 건드리지 않고 보존해두면 거긴 이 땅의 보고다. 그 10리 길은 세상으로 연결된 내 핏줄이고 세상의 살아 있는 핏줄이다. 혼자 걷던 그 수많은 길, 그 길가에서 나는 시를 썼다. 해 저문 길모퉁이를 돌아오는 지게 진 농부들을, 굽이 돌아가는 반짝이는 강물을 나는 얼마나 사랑했던가. 나무 한 그루, 풀 한 포기, 강가에 돌멩이 하나, 산 능선마다 내 영혼이 스민 곳이다. 그리고 이 땅의 핏줄이다.

사람들은 돈이 될 만하면 눈에 쌍심지를 켜고 덤벼든다. 이익이 될 만하면 물불 가리지 않고 핏대를 세운다. 지방자치제가 실시되면서 의원들 횡포가 이만저만이 아니라는 말들을 한다. 그들은 군

예산이나, 면 예산을 자기 마음대로 주무른다고 한다. 지방의회 의원들 대부분 이런저런 사업체를 가지고 있다. 자기 사업체를 가진 사람을 절대 의원으로 뽑지 말든가 아예 의원 출마 자격을 주지 않는 법이 필요하다. 아니면 주민들에게 의원소환권을 주어야 한다. 아무도 어쩔 도리가 없는, 무소불위의 철없고 막강한 권력을 견제할 장치가 필요하다.

강길, 아! 강길 10리를 지키기가 이리 힘이 드는구나.

날이 또 저문다. 저 거대한 저묾!

겨울 산정에서 술을 마시며 퇴계와 고봉 이야기를 듣다.

김기현 선생님 내외랑 아내랑 오봉산을 올랐다. 산이 아담하고 좋았다. 산 정상은 늘 감동을 준다. 푸른 하늘과 파란 소나무 잎, 사심 없이 서 있는 겨울나무들, 바스락거리는 나뭇잎들, 옥정 호수 중에 가장 아름다운 곳이 한눈에 내려다보인다. 산 능선을 따라 걸으며 듣는 낙엽 밟는 소리가 좋았다. 산은 올 때마다 왜 이리 좋은가. 응달에 진달래나무들이 참 많았다. 꽃망울이 맺혀 있다. 진달래꽃이 필 때는 이 길이 꽃길이겠다. 김소월의 시 「진달래꽃」을 생각하며 걸었다. '역겨워'라는 말이 새롭고 신기했다.

길을 잃어 어떤 동네로 들어갔더니, 동네 사람들이 모여 김장을 하고 있었다. 김장하는 마당만큼 아름답고 정겨운 초겨울 풍경은 없으리라. 동네 앞의 고즈넉하게 빈 들판, 마당 가득 쏟아지는 맑은 햇살, 소금에 절인 푸른 배추와 붉은 고춧가루, 푸짐한 밥과 술, 누구라도 반갑게 맞아주며 먹을 것을 챙겨주는 할머니들의 격 없는 인정은 참으로 자연스럽다.

자연을 닮은 사람들의 삶의 모습은 세상 그 어떤 것도 거스르지 않는다. 거기서 유쾌하게 놀며 새 김치로 배불리 밥 먹고 차 얻어 타고 주차해둔 자리로 왔다. 주차장에 오니 무를 뽑고 있었다. 자기들은 시래기만 쓴다며 우리더러 무를 뽑아가라고 했다. 무를 뽑아 하나씩 깎아 먹고 작은 자루 가득 얻어왔다. 뿐만 아니다. 종민이 전화를 받고 한방 체험관에 가서, 김치, 고기, 산삼술을 공짜로 먹었다. 하루 종일 놀러 다니며 공짜로 많은 것을 먹었다. 피곤해서 나무토막처럼 떨어져 죽은 듯 잤다.

시인 김춘수 선생님 사망.

한때 그의 시에 매료되어 산 적이 있다. 그의 시 중 「남천」이라는 시가 있다. '남천'이라는 말이 참 좋았다. 남천나무를 나는 좋아한다. 우리 집에도 비싸게 사서 잘 기르는 남천나무가 두 그루 있다.

한 사람의 죽음은 산 사람이 잠시나마 새로운 자세를 갖게 해준다. 허망함과 죽음에 대한 불안과 함께 삶의 태도를 다시 가다듬게 한다.

죽음은 그래서 엄숙하다. 그리고 늘 새롭게 다가온다.

시인은 갔어도 시는 남고, 그이의 꽃은 세상에 피어나리라.

선생님의 명복을 빈다.

○○이란 놈이 지우개를 조각조각 쪼개놓았다. 무슨 생각이 저렇게 심술궂게 나타났을까.

오늘 희창이와 용민이가 구구단을 다 외웠다. 나를 뻔히 쳐다보며 구구단을 외우는 용민이, 희창이의 눈이 아름답다. 골똘히 숫자를 기억해내는 눈동자는 이 세상 그 어느 것보다 빛난다. 너무 진지한 눈빛이어서 절로 실실 웃음이 나온다.

머리가 띵하다. 너무 과로했나? 아이들을 일찍 보내고 의자에 앉아 깜박 잠들다 말다 그랬다. 한가하다. 창밖 초겨울 풍경이, 마을이, 산이, 나무가 저렇게나 잠잠할 수 있을까.

학교 화단 백일홍나무 실가지에 서리꽃이 피었다.

아이들과 함께 청소를 했다. 아이들이 이제 제법 청소를 잘한다. 그래도 구석구석까지는 내가 일일이 잔소리를 해야 쓴다. 청소를 하고 나니 교실이 환하다. 아이들도 나도 마음이 환해져서 기분이 한껏 상쾌하다.

요즘 아이들은 일을 하지 않는다. 일을 하면서 얻는 생활과 자연의 이해는 그 어떤 공부보다 폭넓고 깊다. 고추를 심고, 모를 심고, 논두렁을 걷고, 잡초를 뽑는 일을 하면 구구단 하나를 간단하게 외우는 것과는 다른 무언가를 배운다. 고추를 손에 잡고, 땅을 파서 고추 뿌리를 묻어 바로 세워둔 후 고추가 잘 자라기를 기도하는 마음은 자연과 생명과 세계와 인류를, 전 우주를 몸과 마음으로 체득하고 이해하는 전인교육이다. 자연을 상대로 하는 일은 사람의 힘 인과학으로 해석하지 못하는 복잡하고 아름다운 자연의 질서를 체득하고 이해하게 해준다. 그리하여 존재의 진실을 규명하고 깨닫는 철학적인 참삶을 가꾸는 길이 되어준다.

그러나 우리 아이들은 일을 잃었다. 일은 하지 않고 공부만 한다. 일을 하면서 얻는 노동의 기쁨 없이 머리만 써서 하는 공부는, 피와 살이 되는 불변의 인격이 되지 못한다. 낫으로 풀을 베는 일은 한번 숙달되면 영원히 몸을 떠나지 않는다. 그러나 머리를 써서 외운 것은 금방 잊힌다. 또 알면서 행동으로 옮기지 않아도 크게 양심의 가책을 받지 않는다. 시험을 보면 점수가 제일 높은 과목이 도덕이다. "휴지를 버리지 않는다"라는 정답을 틀릴 학생은 한 사람도 없다. 그러나 아이들은 금방 휴지를 버린다. 생활에서 체득된 앎이 아니라 머릿속으로 외운 지식이기 때문이다.

아이들에게 일을 돌려주는 교육이 필요하다. 어릴 때부터 모두 점수 경쟁으로 내몰아 점수만 잘 따는, 단순무지한 '시험 기술자'를 길러내는 일이 얼마나 위험한 교육인지 알아야 한다. 보아라! 수능 부정을. 저걸 보고 누가 누구에게 욕할 수 있단 말인가.

부정과 부패가 일상화, 상식화, 제도화, 권력화되어 상식이 발 디딜 곳 없는 사회에선 거짓이 판을 친다.

짙은 안개 10시 넘어 걷힘

날마다 날씨가 너무 푹하다. 어쩌려고 날씨가 이런지 모르겠다.

학교에서 조금 떨어진 강변을 파 뒤집어 둑을 쌓는다. 강변에서 포클레인 삽날에 덜그럭 부서지는 소리가 들린다. 가슴이 철렁철렁 내려앉는다. 사라지는 것들이 너무 많다. 자연을 깊이 이해하고 생각하면서 만든 구불구불 정다운 길들, 강물이 스스로 가꾸고 만들어가는 아름다운 강변이 파괴된다. 인간은 천벌을 받을 것이다.

옛날 우리 할머니는 나쁜 짓 하는 동네 사람들 보며 늘 "지리산 호랑이는 저놈 안 물어가고 어디서 뭣 하는지 몰라" 하고 한탄하셨다. 지리산에 호랑이가 사라졌다고 함부로 죄를 지어선 안 된다. 지리산 호랑이가 사라졌다고 지은 죄가 사면되진 않는다. 산과 강과

마을을 도무지 생각하지 않는 저 무지막지함이 우리의 장래에 어떤
재앙을 불러올지 아무도 모른다. 가만히 두어도 아무렇지 않을 강
둑을 왜 허물고 다시 쌓는가? 돈이라면 사족을 못 쓰는 관료들과 업
자들의 농간으로 이 땅이 죽어가고 물이 썩어간다.

오늘 시험을 보았다. 아이들은 참 이상하다. 아주 아주 쉬운 문제
를 못 푼다. 이상하게도 그게 정상이다.

희창이 아버지가 복수초 화분을 하나 가져왔다.

아이들이 돈 천 원을 주워왔다. 찾는 아이가 없다. 무얼 잃어버리면 아이들은 찾질 않는다. 주워놓은 연필도 공책도 크레용도 지우개도 임자가 없다. 학용품이 넘쳐난다.

다은이 이마가 까졌다. 롤러블레이드를 타다 넘어졌단다. 내가 "아이고, 다은이 얼마나 엄살을 떨고 울었을꼬?" 했더니 웃는다.

점심시간에 '천담 가는 강길' 때문에 전화하는데(정말이지 이 인간들이 싫다. 지겹고 지겹다. 이 무슨 흉측한 일이란 말인가. 어째서 아무런 이유 없이 강물을 보로 막으려 하고 포장을 하려 하는가. 돈 때문이다. 돈에 치여 죽어도 돈, 돈 할 인간들이다) 우리 반 아이들이 내게 달려온다.

"나 골치 아파 죽겠다, 다은아 은희야" 하니, "누군데요, 누가 선생님을 그렇게 해요?" 하며 내 손을 잡고 나를 따라 걷는다. 겨울 날씨가 햇살은 왜 이리 좋은가.

반짝반짝 별

2학년 강희창

반짝반짝 별이 밤하늘에 떠 있네.
반짝반짝 별이 밤하늘에서 반짝거리네.
반짝반짝 별은 높은 하늘을 밝게 비춰주네.
반짝반짝 별은 잡을래야 잡을 수 없네.
반짝반짝 별은 추운 밤에도 반짝이며 떠 있네.

희창이는 학교 앞 외딴집에서 아버지와 둘이 산다. 집 뒤에는 강물이 흐른다. 강에는 강 건넛마을 불빛이 어른거린다. 나는 강물에 어리는 그 불빛을 보며 학교 숙직실에서 시 「섬진강」 몇 편을 썼다. 그 아름다운 불빛을 보며……

숙직실은 지금도 그 자리에 있다. 그 방에서 나는 혼자 밤을 지새우며 책을 읽고 글을 썼다. 길고 긴 밤, 눈이 오고 비가 오고 새가 울었다. 소변을 보러 나와 바라보는 달빛 아래 강물은 얼마나 빛났고, 검은 산들은 얼마나 장엄했던가. 아침에 본 운동장가 벚꽃은 얼마나 내 마음에 환하게 피었던가. 이곳이 내 문학의 고향이고 방이다. 어머니 배 속이다.

맑음

아이들이 교실로 들어가면 빈 운동장에 까치가 돌아다닌다. 오늘 아침까지도 어제 주운 천 원의 임자가 나타나지 않는다. 이거, 내 돈인가? 오늘까지 안 나타나면 회문리 놈들 차비로 주겠다.

며칠 동안 아이들에게 일기 쓰기에 대해 이야기를 해주었더니, 아이들이 일기를 제법 잘 쓴다. 은희는 갈수록 일기 쓰는 솜씨가 는 다. 한 가지 겪은 일을 자세히 쓰게 하면 아이들은 금방 글을 잘 쓰 게 된다.

아이들은 아름답고 고운 글을 쓰려고 한다. 어른들이 그렇게 길 들여왔다. 글을 잘 쓰려고 하면 자기의 삶과는 상관없는 미사여구를 동원해 글을 꾸미게 된다. 꾸미는 글은 자기 삶이 담기지 않은 거 짓 글이다. 자기가 겪은 일 중에서 한 가지 일을 자세히 쓰면 자연스 럽게 좋은 글이 된다. 생동감이 넘치는 삶이 담긴 글, 글을 읽을 때 그림이 그려지는 글이야말로 살아 있는 글이다. 글이 살아 있다는 것은 글이 진실일 때뿐이다.

아이들에게 글쓰기는 진실을 표현하는 공부다. 우리 주위에 있는 사물을 자세히 보는 일이 글쓰기의 시작이다. 자세히 보고 그것이 무엇인지 알게 되면 생각이 많아진다. 그 생각을 정리하여 체계적 이고 논리적으로 표현하면 글이 되고 그림이 된다. 공부란, 우리가 사는 세상을 섬세한 눈으로 자세히 보는 일, 볼 수 있도록 하는 일이 다. 보고, 생각하고, 그 생각을 논리적으로 조직하고 정리하여 표현 하는 일을 거듭하다보면, 나중에 생각이 확대되고 조직하는 능력이 저절로 생겨 논리적인 사고를 하게 된다. 이게 철학적인 삶의 태도 가 아닐까?

은희의 일기

12월 2일

오늘은 '큰바위 가든'에 밥 먹으러 갔다. 거기에서 발바리를 가든에서 주웠다. 나는 만져보려고 하는데 도망갔다. 엄마 아빠도 만지지 말라고 했다. 나는 닭죽을 먹고 만지려고 했다. 엄마가 안아서 나에게 주었다. 정말 귀여웠다. 나는 머리를 쓰다듬어주었다. 발바리의 색은 황토색이었다. 엄마도 귀엽다고 했다. 회문산 고모는 가져가도 된다고 하셨다. 엄마 아빠께서는 안 된다고 하셨다. 나는 가져가고 싶었다. 하지만 엄마 아빠가 안 된다고 하시니까 어쩔 수 없었다. 이제 차츰 발바리도 나를 좋아했다. 나는 발바리 이름을 물어보았다. 발바리 이름은 단비였다. 나는 단비야 단비야 하고 불러 보았다. 단비는 나에게 달려왔다. 엄마와 아빠, 할머니, 고모께서 웃으셨다. 단비도 꼬리를 살랑살랑 흔들었다. 나는 집에 갈 때도 단비에게 안녕, 이라고 했다. 나는 집에 와서도 단비 생각을 했다. 다음에도 단비랑 놀아야지.

받침 하나 획 하나 고치지 않은 은희의 일기다. 나는 은희의 글씨까지 다 보여주고 싶다. 아이들 글씨는 하늘을 나는 새 같고 땅을 기어가는 벌레들처럼 살아 있다. 은희의 일기는 영화의 한 장면처럼 선명하고, 평화롭다. 참으로 아름다운 글이다. 이런 글이 잘 쓴 글이다. '자기가 한 일을 자세히 쓰는 것'이 좋은 글을 쓰는 길이다.

종현이의 일기

12월 2일

오늘은일어나서놀고텔레비전을보고밥을먹었다그리고옷입고학교에가서선생님한테인사하고교과서를했다바른생활을하고쓰기를하고늘생을두시간하고밥먹고바이올린을했다다하고사탕을포도맛먹고집에오고자전거타고진한빈네서조금있다재석이내서컴퓨터하고처음엔레이즈하고씨디비행기게임을했다그리고집에서텔레비전을보았다보글보글스폰지밥을보았다그리고엄마가오고엄마하고연희는도넛을먹었다그리고나는밥을먹고텔레비전을보고물먹고텔레비전할머니가본댔다할머니가자는것같에서깨우고왜안보았냐고물어봤다그래서또자서잘라면끄고자라고했다그리고난잤다

종현이 일기를 있는 그대로 옮겼다. 종현이가 쓴 일기 글씨는 예술이다. 그 누가 저런 글씨를 쓸까. 이 일기도 꾸물꾸물 살아 있다. 살아 있는 글이란 바로 이런 글을 말한다. 거듭 말하지만 좋은 글쓰기란 죽어가는 것들을 새로 살려내는 일이다.

추사 선생이 죽기 사흘 전에 썼다는 마지막 글씨인 봉은사 현판이 생각난다. 종현이 글씨가 추사의 그 글씨와 닮았다.

봄비 같은 비

내 아들딸아! 너희는 이 세상 그 어느 것에도 매달리지 않는 자유로운 영혼, 해방된 영혼을 가져라.

강화도 가서 꼬박 새웠다. 이야기가 진지했다. 진지한 이야기는 지겹지 않고 전진하며 사람을 긴장하게 한다. 자기 생각을 표현하려는 긴장은 자기가 살아온, 살고 있는 모든 삶의 지적 내용을 종합하고 총동원해서 다 드러낸다. 그런 이야기에 나타난 내 말이 다 나다. 때로 나는 빛나고, 때로 나는 비참하고, 때로 나는 남루하다. 곤경과 곤궁함, 남루함, 지리멸렬한 나의 논리를 인정하라. 사심을 버린, 그리하여 가을날처럼 해맑고 명쾌한 논리, 자기 논리에 찌들고 집착하지 않는, 사람 냄새 나는 유쾌함을 견지하라. 독서와 사색, 명상을 통해 존재의 궁극에 닿으려는, 진리에 닿으려는 존재의 기쁨을 얻어라.

지성.

이성.

진실.

시대.

양심이라는 말은 늘 새로운 모습으로 다가와서 내 속에서 늘 새
로 태어나야 한다.

'허심탄회'라는 말은 삶을 깨끗하게 비우는, 자기 자신을 가장 맑
게 간직하는 말이다. 그 아름답고도 자연스러운 말을 나는 좋아한
다. 때로 그 말이 마른 겨울 들판처럼 적막하다.

말들이 새롭게 다가올 때 세상이 다가온다. 새로운 모습으로 다가온다. 사랑처럼 숨 막히고, 감미롭고, 기쁘게 다가온다. 사랑, 이건 사랑이다. 사랑만이 세상에 나를 새롭게 세운다. 순결의 희고 고운 땅을 나는 때로 원한다.

나를 허물어버리고 늘 깨끗하게 비우라.

서리가 되게 쳤다. 서리가 많이 내려서 강 건넛마을 뒷산으로 가는 길들이 하얗게 드러나 있다. 아이들이 입김을 하얗게 내뿜으며 논다. 운동장 여기저기 파여 물 고인 곳에 얼음이 잡혔다. 아이들이 얼음을 깨며 논다.

새벽부터 강기슭을 정리하는 포클레인 소리가 들린다. 포클레인 삽날에 부딪치는 돌멩이들의 외침과 비명이 내 가슴을 때린다.

강기슭에 얼음이 얼었다. 풀과 풀뿌리 들, 오랜 세월 물이 파놓은 들쭉날쭉한 강기슭은 물새우나 고기 들의 서식처다. 강둑을 정리하여 시멘트로 둑을 쌓아버린 곳엔 아름답고 자연스러운 강기슭이 사

라졌다. 강기슭 살얼음 속에 느리게 움직이는 작은 붕어 새끼들이
살 집이 부서져 사라졌다. 이 겨울, 집 잃은 작은 고기들은 어디로
갈까?

귀를 막고 눈을 감아도 내 마음속을 파고드는 저 포클레인 소리
가 무섭다. 내가 너무 민감한 걸까? 과민 반응을 하는 걸까? 내가
너무 편협하거나, 삐뚤어진 걸까?

아이들 일기를 보니, 많은 아이들이 일요일엔 교회에 가나보다.
강수가 목사 사모님 옆에 앉아 떠들고 장난치다가 꿀밤을 한 대 맞
았다고 은희가 썼는데, 현수도 썼다. 재미있다. 시골 아이들이 일요
일 시골 작은 교회에 나가 하느님 품 안에서 자유롭게 지내는 것은,
그 자체로 하느님 나라다. 평화롭고도 아름다운 시골 교회 풍경이
하느님 말씀, 뜻 그대로였으면, 하느님의 현장이었으면 좋겠다. 마
른 들을 지나 교회로 들어가는 아이들의 머리와 어깨와 가슴에 겨
울햇살같이 따사로운 하느님 손길이 닿았으리라.

축복 있으라, 영광 있으라. 말씀이 그대로, 획 하나 틀리지 않는
말씀이 거기 있으라.

자리에 앉아 있으면 아이들이 내 곁에 와서 논다. 등을 만지거나,
손을 만지거나, 나를 껴안기도 한다. 스스럼없이 다가와 손을 잡거

나 내게 안기는 아이들이 나는 좋다. 이건 모두 나 하기 나름이다. 내가 아이들에게 그렇게 다가갈 때만 아이들이 내게 다가온다. 내가 좋은 선생이어야 아이들도 좋은 사람이 된다. 마음을 열고 아이들을 다 맞이하는, 넓고 따뜻하고 푸근한 마음을 갖자. 스스럼없이 아이들 모두가 다가오도록 하자. 여덟 명이 내 품에 가득 안길 수 있게 하자.

내가 다은이 쪽을 무심히 보고 있는데, 다은이가 갑자기 "선생님, 왜 나를 뚫어지게 쳐다보세요?" 한다. "나 다은이 안 봤는데" 하니 뒤에 있던 희창이가 "다은이 너 선생님한테 말투가 그게 뭐냐?" 한다. 둘 다 어른스러운 말투다.

피곤해서 한숨 잤다. 너무 편하게 지낸다. 공부하고 정신을 닦달하라.

별일 없이 지난 하루.

해가 지고 하루가 푸근하고 넉넉하다.

때로 이런 날이 있으므로, 해가 천천히 진다.

세월

　　　　　2학년 강희창

세월은 느려도 나중에 빠른 세월이 되네

세월에는 많은 추억이 보관 되 있네.

세월에는 잊고 싶었던 일도 보관 되 있네.

세월은 한국을 발전시키네.

세월은 정말 기네.

세월이 지날수록 우리는 성장하네.

서리 하얗게 내리고 맑음

되게 서리가 친 날 아침의 나무들은 실가지마다 서리꽃이 피어 꽃나무처럼 아름답다. 나무야! 나무야! 나무들아! 이 세상에 가장 아름답고 성스러운 나무들아! 서리꽃 핀 나무 아래에서 입김을 하얗게 뿜으며 땅에 금을 긋고 땅따먹기를 하며 노는 아이들아!

지구의 축복이다.

출근해서 차에서 내리니 아이들이 달려온다. 은희가 숨을 헐떡이며 "우리 엄마가요, 소는 너무 크고요 닭 사온대요" 한다. 어제 은희와 현수가 다섯 과목 다 백 점을 맞아 내가 농담 삼아 "은희와 현수, 내일 소 한 마리씩 잡아 오너라" 했더니 하는 소리다. 아이들도 시험 점수에 매우 민감하고 나도 신경이 쓰인다.

오늘도 ○○이와 ○○이가 일기를 써오지 않았다. 불러놓고 왜 일기를 쓰지 않았느냐고 물어보았다. 대답을 하지 않는다. 그래서 내가 문제를 내기로 했다.

왜 나는 일기를 써오지 않았나? 맞는 번호를 말해보아라.

1. 똥배짱으로

2. 선생님이 혹 일기 검사를 안 하고 지나갈 수도 있으니까

3. '혼내면 혼나고 말지 뭐' 하는 심정으로

4. 일기를 쓰지 않은 걸 알고도 그냥 용서할 수도 있으니까

○○와 ○○이는 똑같이 다 죽어가는 소리로 "2번이요!" 그런다. 우리 모두 크게 웃었다.

사람들에게 오해의 소지가 있는 일을 경계하자. 세상이 그렇다. 무언가를 제안하면 혹시 어떤 자리라도 하나 얻을까 해서 의견을 내놓는 걸로 사람들은 금방 오해한다. 모든 일에 내가 너무 경솔한 면도 있다. 그걸 경계하자. 오랫동안 시골에서 선생으로 살아서 세상을 모르는 면도 있다. 지금부터는 내 '직업' 외의 일에는 조심스럽게 행동하자. 말하자면 다른 사람들이 '저 사람이 다른 일을 하려 드는구나' 하고 생각하지 않도록 노력하자. 오늘 일은 정말 오해의 소지가 있는 일이었다. 세상을 생각하는 것도 세련되지 못하고 너무 서툴면 욕을 먹는다. 사적인 일로 비칠 수도 있다.

국어시간이다. 이순신 장군이 죽어가면서 외친 "내 죽음을 알리

지 마라”를 실감나게 연기하는 시간이다. 한빈이가 이순신 역이고 다은이가 병사 역을 맡았다. 총을 맞고 쓰러져 있는 부하가 “장군님!” 하며 안타까워한다. 한빈이 왈 “내 죽음을 ‘말’리지 마라.” 아이들이 책상을 치며 웃었다.

백 번의 주장보다 한 번의 행동이 나의 모든 것을 결정할 때가 있다. 매사에 신중하고 사려 깊게 처신하라.

구름 한 점 없는 겨울 하늘 아래, 아이들이 바람 속에 놀고 있다.

내 친구

운희의 동시

내 친구는 눈이 크고 예쁘네.

내 친구는 입이 작고 예쁘네.

내 친구는 이마가 넓고 예쁘네.

내 친구는 코가 작고 예쁘네.

내 친구는 다 예쁘네.

한빈이는 잘 운다. 한빈이는 조금만 건드리면 운다. 오늘도 다은이가 필통을 던졌다고 닭똥 같은 눈물을 뚝뚝 떨어뜨리며 울다가 나한테 들켜 혼났다.

아이들은 우는 모습도 예쁘다.

빈 들에 하얗게 서리가 쳤다.

춥지도 않고

눈도 안 오는

이 한심한 겨울날

아이들이 아침부터 운동장에 나가

땅따먹기를 한다.

발로 문질러버리면 운동장이 될 땅을 열심히 따먹는다.

흐림, 잔뜩 흐림.
비나 눈이 올라나? 그랬으면 좋겠다.

'김용택을 사랑하는 사람들의 모임' 카페에 올라온 '시사랑'이라
는 분의 글을 여기 옮긴다.

연주 이야기

"선생니임~."

봄햇살이 따스하던 어느 날, 체육 전담 시간이라 혼자 있는 교
실에 조그맣고 예쁘장한 목소리가 찾아들었다.

고개를 들어보니 귀여운 유치원생이 교실 문을 살며시 열며 나
를 보고 있었다.

"선생님, 우리 언니야는요?"

약간은 타 도시의 억양이 섞인, 미처 애기 티를 벗지 못한 목소리였다.

"네가 누구 동생이니?"

"저요?…… 우리 언니야 동생인데요."

학년 초라 우리 반 아이들 동생들까지 알 리 없는 나는 꼬마가 벌써 몇 번째 외치는 "우리 언니야"가 우리 반 누구인지 알아내려고 인내심을 가지고 몇 가지를 더 물어보아야 했다.

알고 보니 우리 반의 연주 동생인 우민주였다. 유치원 수업을 마친 민주는 제 언니가 체육 수업을 마치고 올 때까지 기다릴 양이었고, 그때까지 내가 자기랑 놀아주기를 은근히 바라는 눈치였다. 밀려 있는 학년 초 업무를 제쳐두고 나는 호기심을 가지고 민주랑 이런저런 이야기를 나누며 시간을 보냈다.

민주는 위로 4학년인 연주 언니와 3학년인 민수 오빠가 있고, 또 밑으로 아직 아가야인 동생 지우가 있었다. 그런데 불행히도 엄마가 집을 나가 없었고, 아버진 가끔 집에 들러 아이들을 보살펴주고 있었으며, 평소에는 할아버지, 할머니와 지내는 형편이었다.

그렇게 안면을 트게 된 민주는 그뒤에도 종종 우리 교실에 와서 우리 언니야 어디 있냐고 물었고, 그것이 점심시간이든 청소

시간이든 상관없었다. 그래서 나는 민주가 "우리 언니야 어디 있냐"고 물을 때마다 우리 반 연주가 점심시간에 어디서 놀고 있는지, 청소구역이 어딘지, 방과 후 학교 버스를 기다리는 동안 어디서 무엇을 하는지 전지전능하게 알고 있어야만 될 것 같은 책임감(?)에 시달리고는 했다.

이제 겨우 초등학교 4학년이지만 네 남매의 맏이인 연주는 교실 청소나 기타 여러 가지 일에서 손맵시가 좋았다. 대체로 늘 명랑했으며, 의사소통이 잘되어 나를 기분 좋게 만들었고, 다른 사람의 처지를 잘 이해하고 양보심도 많았다.

나는 연주의 상황을 애틋이 여겨 남다른 관심을 가지고 지켜보았고, 민주의 담임선생님과 가끔씩 얘기를 나누기도 했다. 민주 선생님께서는 민주가 유치원 수업을 마치고 점심시간에 출발하는 학교 버스를 타고 집에 가야 하지만, 더러 자주 학교 버스를 일부러 안 타고 오후 내내 학교 안팎을 혼자 돌아다녀서 걱정이라고 했다. 그도 그럴 것이 집에 돌아가면 할머니는 밭에 일하러 나가시고 집에 저 혼자 있어야 하니, 심심한 것이 싫은 모양이었다. 한번은 3학년 민수가 몸이 아파 결석을 했는데, 하루 종일 막냇동생 지우와 집에 있다가 무료함을 이기지 못하고 지우를 데리고 먼 거리를 걸어서 학교까지 놀러 왔던 적도 있으니, 아이들에게 무료함이란 얼마나 견디기 힘든 것인지를 가늠할 수 있었다.

그날 지우가 신발을 잃어버려 민수가 사색이 되어 친구들과 동생 신발을 찾으러 다니는 동안 나는 어린 지우를 안고 있었는데, 지우는 내가 주는 빅파이 등을 꼬박꼬박 받아먹으며 천진한 표정을 짓고 있었다. 나는 정말 놀라웠다. 가정방문 때 연주네 집을 가봐서 알지만 연주네 집은 차로 가면 10분도 채 안 걸릴 거리여도 어린아이 걸음으로는 두 시간은 족히 걸릴 터였다.

그렇게 시간이 흘러갔다. 그간 나는 연주에게 특별한 애틋함을 가지고 있는 것 외에 특별하게 해준 것이 없었다. 지우의 잃어버린 신발 한 켤레를 사주고 싶었지만 할머니의 만류로 그러지도 못했고, 늘 머리를 풀어헤치고 다니는 연주에게 예쁜 머리핀 한 쌍을 사주고 싶었지만 그도 쉽지 않았다. 물론 나의 정성이 부족한 탓이 크겠지만 무턱대고 쉽게만 생각할 일도 아니었다. (얼마 전 우리 반 아이에게 내가 끼기에는 터무니없이 귀여운 장갑 한 켤레를 주면서, 여러 가지로 얼마나 조심스러웠는지 모른다. 다행히 아이는 기분 나빠하지도 않았고, 그걸 학교에 끼고 와서 다른 아이들에게 선생님이 준 거라고 자랑하지도 않았다. 그렇지만 절대로 학교에 끼고 오지 않는 것이 나로서는 서글프기도 했다.)

그렇게 일 년 가까이 시간이 흘러 얼마 전 차가운 겨울비가 내리던 주말이었다. 토요일 오전 일과가 끝나고 오후 1시가 조금 넘

어섰을 때였다. 퇴근을 하려고 교실을 정리하고 있는데, 교실 문
이 빠끔히 열리면서 예의 그 익숙한 목소리가 들렸다.

"선생님, 우리 언니야는요?"

빗물이 뚝뚝 떨어지는, 제 키만한 우산을 들고서 민주는 불안
한 얼굴로 묻고 있었다. 이미 학교 버스는 출발한 지 한 시간이 넘
었고, 모든 선생님과 아이들이 집에 돌아가고 없는 시각에 아직
도 민주가 학교에 있는 것을 보고 나는 놀라서, 지금까지 어디서
무얼 했느냐며 언니야도 학교 버스 타고 벌써 집에 가고 없다고
했다. 가뜩이나 불안했던 아이의 눈에서는 그야말로 닭똥 같은
눈물이 뚝뚝 떨어지기 시작했다.

"친구 집에서 놀다가요…… 흑흑흑……"

언니야보다 조금 일찍 마친 민주는 평소 같으면 얌전히 먼저
학교 버스를 타고 언니야를 기다리고 있어야 했지만, 그날 놀다
가라는 친구 말에 솔깃하여 친구 집에서 놀다가 이제야 제 언니
를 찾아서 도로 학교에 온 모양이었다.

"민주야, 버스 타고 집에 갈 줄 아니?"

안다고 하면 버스 차비를 쥐여주고 마을버스라도 태워 보낼 양
으로 물어보니 민주는 모른다며 더욱 불안하고 서럽게 울었다.
나는 난감했다. 저 아이를 이 비도 오는데 걸어서 집까지 가게 할
수는 없었다. 할 수 없이 나는 교실 문을 닫고 민주와 함께 학교

를 나섰다. 마침 남편이 퇴근하여 우리 학교 앞에서 기다리고 있었고 나는 간단히 자초지종을 말하고 민주를 집에 데려다주러 가자고 했다. 그간 나의 이런저런 이야기를 듣고 네 남매에 대해 어느 정도 알고 있던 남편은 기꺼이 민주를 태우고 국도를 벗어나 초동 쪽으로 방향을 틀며, 아이가 추울까봐 히터를 높였다. 민주는 이 세상에서 가장 얌전한 아이가 되어 뒷좌석에 오도카니 앉아 있었다. 그런 민주가 귀여워 야단도 칠 수 없었지만 이참에 민주가 학교 버스를 타지 않는 버릇을 고쳐주려고 짐짓 엄하게 말했다.

"민주가 학교 버스 잘 타지 않아서 담임선생님이 얼마나 걱정하고 계신지 알고 있지? 이번 일은 민주 선생님한테 말하지 않을 테니 민주 이제 꼭꼭 학교 버스 탈 거지?"

방과 후 한 시간이 훌쩍 넘도록 아이가 돌아오지 않아 걱정하고 계실 민주 할머니를 위해 가는 중에 전화를 드렸다. 안 그래도 연주, 민수는 모두 왔는데 민주가 오지 않아 대단히 걱정하고 있던 할머니는 전화를 받고 안도의 한숨을 쉬셨다.

우리가 아스팔트 길을 벗어나서 신당 부락으로 들어서려고 할 무렵, 비 오는 아스팔트 길가를 위험하게 걸어오는 아이 두 명을 지나쳤다. 이상한 예감에 잠깐 차를 멈추고 아이들을 세워 불러보니 연주와 민수가 동생 민주를 찾아 학교까지 걸어가고 있는 참이었다. 둘이서 나란히 우산을 쓰고, 빗길을 걸어 동생을 찾아 나선 모습…… 동생을 두고 왔다고 할머니한테 이미 야단을 맞아서인지, 아니면 동생에 대한 걱정 탓인지 남매의 얼굴엔 수심이 가득 차 있었다. 마음이 아팠다. 때가 지나도록 돌아오지 않는 손녀 걱정에 위엣놈 두 명을 보내며 찾아오라고 했을 할머니 마음과, 이 비 오는데 동생 찾으러 나선 두 아이 마음을 생각하니 마음이 짠하니 아파왔다. 이미 남매가 집에서 걸어온 길만 해도 1킬로미터 가까이 됨직했다.

연주, 민수를 민주 곁에 나란히 태우고 집에 데려다주고 오는 길에 나는 남편에게 말했다.

"지금쯤 민주…… 할머니한테 엄청 혼나고 있겠다."

흐림, 조금 쌀쌀함.

겨울 날씨가 추우면 왠지 안심이 된다. 너무 따뜻하면 이상하다. 불안하다. 날씨가 계절다워야 한다. 어제는 익산 시민교육연대에서 주최하는 콘서트에 다녀왔다. 지금의 전교조 지도부와 뜻이 다른 전교조 선생님들과 시민들이 만든 모임이다. 전교조가 너무 정치 투쟁으로만 치닫고 있으니, 노선이 다른 사람들이 다른 시민단체를 만드는 모양이다. 난 싫다. 내용적으로야 두 쪽이 아닐지 몰라도 두 쪽이 난 듯한 인상으로 비친다. 파가 나뉘어버렸다. 저들의 교육운동이 식상하고 진부하다. 지루하다. 난 조직을 모르는 사람이다. 그 어떤 조직에도 나는 맞지 않는 사람이다. 노선을 가지고 갈등하는 것, 치열한 논쟁이 오가는 것이 나는 정말 싫다. 그 어떤 조직도 내 마음을 절절하게 하지 못했다. 조직은 결국 경직화되고 권력화되고 일사불란해지기를 원한다. 못되게도, 나는 훨훨 나는 영혼을 가지고 살고 싶다.

택수를 만났다. 택수는 오송회 사건에 연루된 후 사회에 적응하지 못하고 허공을 떠도는 사람이다. 이런저런 일로 큰 상처를 받은 여린 영혼이다. 오송회 사건은 군산에 있는 교사 다섯 명이 군산 월명공원 소나무 밑에서 반국가단체를 만들었다는, 5공 시대 벽두에 조작된 첫 용공 조작 작품이다. 택수는 한때 도현이의『연어』에 삽화를 그리며 생활에 안착하기를 바랐지만, 결국 자기 자신에게 지워진 무거운 짐을 털지 못하고 부리지도 못한 모양이다. 그를 안았을 때 뼈만 남은 앙상한 그의 몸이 슬프고 눈물 났다. 그가 기댈 언덕들이 모두 부서지거나, 그 스스로 언덕을 만들지 않았을 것이다. 허공을 헤매는 택수의 불안하고 불길한 눈동자를 보며 나는 저 암울한 역사의 뒤안길에서 희생당한 착한 영혼들을 떠올렸다. 광웅이 형님도 오송회 사건으로 희생당했다. 형님 생각이 난다.

세상은 복잡하다. 사사로운 이해관계와 이념이, 개인들의 욕망과 욕망이 무겁게 충돌한다. 충돌하며 내는 파열음은 사람들을 괴롭힌다. 그게 삶인가. 그게 역사인가. 이 모든 것들을 훌훌 털 수 없는 것이, 서로 얽히고설키는 것이 또한 삶이다. 삶은 고해인가. 개인이든 사회든 고통은 계속된다. 존재? 자칫하면 운명론자가 된다.

경계하라.

　종현이가 공부시간에 아주 편한 자세로 곤히 잠들었다. 공부시간에 잠든 모습이 그렇게 평화롭고 자연처럼 아름다웠다. 잠든 모습이 복슬강아지 같다. 한숨 자다가 깬 종현이가 꿈 이야기를 한다. 자면서 꿈을 꾸었는데, 한빈이와 달리기를 했단다. 한빈이한테 졌단다.

맑음.
오늘도 아침에 서리가 많이 왔지만 날씨가 푹하다.

엿

현수의 동시

이빨에 붙어도 맛있는 엿
어떻게 들으면
욕 같네.
내가 내일 엿 준다고 하니
너나 엿 먹으라고 하는 친구들
엿이 얼마나 맛있는데……
애들은 욕인 줄 아네.

욕이 아닌데 엿도 모르고

안 먹네.

엿을 줄 때 이상한 느낌으로

주면 안 되겠네.

아이들 일기 쓰는 솜씨가 부쩍 좋아진다. 동시도 그렇고. 저학년에서는 동시와 일기를 따로 구분하는 게 별 의미가 없을 때가 있다. 아이들 글쓰기가 워낙 꾸밈이 없어서일 것이다. 욕심이 없는 글은 다 시다. 아이들의 생각과 생활이 시적이기 때문이리라.

흐림. 비 올랑가. 오기는 뭣이든지 와야 할 텐데,
날씨가 참 갑갑허고 답답허네, 그냥……

아침에 운동장에 내리니, 아이들이 달려온다. 운동장에서 더 놀
라고 해놓고 교실에 들어오니, 다은이 혼자 그림처럼 조용히 앉아
책을 읽고 있다. 만화 『장금이』다. 조금 있으니 은희가 들어온다.
은희는 요즘 살이 통통하게 올랐다. 내가 살이 쪘다고 하면 싫은 눈
치다. 은희가 다은이 옆에 가만히 앉아 그림처럼 조용히 책을 읽는
다. 둘이 붙어 앉아 있는 모습이 정다워 보인다.

그림 같다는 말이, 그림이라는 말이 새삼 떠올랐다. 모든 그림은
저렇게 숨을 쉬며 살아 있어야 한다. 죽은 것들, 죽어가는 것들을
살리는 것이 예술이다.

비, 흐림, 약간 추움

어제 나이가 같은 동네 친구들과 밥 먹고 술 마시고 맘껏 유쾌하게 놀았다. 노래방에 가서 '관광버스 버전'으로 노래하고 춤추고 땀 뻘뻘 흘리며 놀았다. 한평생 농사만 짓고 산 친구들의 시름 많은 얼굴들이 잠시나마 노래방에서 활짝 피었다. 스스럼없고, 허물없고, 가식 없는 얼굴로 만날 친구들이 있다는 건 즐거운 일이다. 유쾌하게 놀아 마음이 후련했다.

정재헌 선생과 함께 진메 마을과 10리 강길을 둘러보다. 아름다운 곳이다. 이곳을 지켜야 한다. 강을 따라갈 때보다 되돌아올 때, 갈대들과 강가의 바위, 산속 깨끗한 몸을 한 나무들과 능선의 마른 풀들이 참으로 아름다운 조화를 이룬다. 정말 아름다운 곳이다. 아름다운 것들은 일찍 상처받고 무너진다. 강 건너 맑은 숲 속에 떨어져 쌓인 낙엽들이 보인다.

춥다, 아이들도 움츠린다.

전우익 선생님이 돌아가셨다. 며칠 전 자꾸 생각이 나서 전화라도 하려고 했는데 안타깝다. 병들어 누우시고 우리가 잊고 사는 동안 돌아가셨다. 새벽에 일어나 신문에서 선생님 부음을 읽고 어둠 속에 오래오래 앉아 있었다. 삶, 죽음, 사랑, 슬픔, 희망, 일상, 신념…… 사는 것이, 살아 있다는 것이 죽음 앞에 이리 남루하다. 참 그러하다.

전우익 선생님을 생각하면 이오덕 선생님, 권정생 선생님이 생각난다. 세 분 다 이 땅의 어른들이다. 사람 사는 세상에 길이 되고 모범이 되는 삶은 어렵고 힘들다. 그분들을 생각하며 마음을 다듬고, 땅에 발을 굳건히 딛고 살아가야 한다. 진실과 정직과 시대의 소명을 생각하며 글도 쓰고 일도 해야 한다.

사람이 어떻게 사느냐가 중요하다. 한 사람이 이 세상을 사는 동안 무엇을 얼마나 이루겠는가. 또 무엇을 이룬다 한들, 그 이룸이 우리 인간에게 얼마나 오래오래 빛을 잃지 않는 가치로 남을 것인가. 먼 곳을 바라보며 진정성을 잃지 말아야 한다. 진정성이야말로 지금을 사는 우리에게 가장 중요한 말이다. 한 점 부끄러움 없이 살려고 노력해야 한다.

일상에 성실하고 똑바른 행동이 허위와 거짓 없는 진정성임을 다시 다짐하라. 시대는 변했어도 글쓰는 사람, 선생은 시대에 따른 사명을 다하려 애써야 한다. 그게 지성이다. 시대의 과제를 외면하지 말아야 한다.

선생님, 선생님께서 돌아가시려고 그렇게 며칠 선생님 생각이 났던 모양입니다. 한 많은 땅에 태어나 역경 속에 살다 가신 선생님, 평안히 쉬소서.

맑음

아침 서리 하얗고 영하 5도. 영하 5도 날씨에도 아이들은 춥지 않다. 입김을 하얗게 후후 뿜어대며 뛰어논다.

학년 말 정리로 다소 바쁘다. 아이들이 책을 읽는다. 한 시간 정도는 조용히 읽다가 조금 시간이 지나면 서서히 움직이기 시작한다. 일어서서 돌아다니고, 천천히 뛰어다니고, 목소리가 높아지고, 쿵쿵 뛰다가 시간이 더 지나면 싸우고 운다. 아이들이 싸우고 울어야 어떤 일도 끝이 난다. 그때쯤 되면 배가 고프고 밥 먹을 때가 된다.

현수의 일기

오늘 TV를 보다 잠이 들었다.

누나가 나에게 수면제를 먹인 것이야.

나는 때도 모르면서 잠을 잤다.

그런데 꿈속에서 강수와 놀다가 용민이가 싼 똥을 내가 밟았다.

강수는 꿈속에서 비웃었다.

나는 강수가 너무 얄미웠다.

나는 강수를 때렸다.

그때는 너무 좋았다.

그런데 강수가 선생님께 일러서 나는 혼이 났다. 선생님이 무서
워서 깼다.

일어나 보니 아침인 줄 알았다.

주위를 둘러보았다.

형과 엄마가 없었다.

아빠의 차 소리가 들렸다.

나는 나가보았다. 엄마가 형과 같이 있었다.

어떤 여인에게서 애틋한 편지가 왔다. 여기에 옮긴다.

선생님

올 한 해도 선생님으로 인하여

잎도 꽃도 더 아름다웠고

달빛도 더 청아했고

가을산도 더더욱 예쁘다는 생각을 하게 되었습니다.

선생님이 계시는 한

내년에도…… 후년에도…… 언제나 전 그렇게 늘…… 설날 같
은 마음이 될 거예요.

선생님 이 세상에 계셔주셔서 정말 감사합니다.

지난 토요일 잃어버린 지갑이 오늘 돌아왔다. 그러나 지갑에 돈
은 없었다. 참 이상하다. 내 돈 누가 빼서 썼을까?

집에 보내려고 아이들과 인사할 때 단번에 인사를 받아본 적이
없다. 아이들은 늘 오늘 누가 "선생님께 인사!"라는 말을 하는가를
놓고 설왕설래한다. 그러다가 단숨에 인사를 하고 교실을 나간다.
나가는 뒤꼭지들은 참 예쁘다. 늘 말하지만 이 세상 모든 사람 중에
서 초등학교 2학년 아이들 모습이 제일 예쁘다.

진메 마을과 강길 10리, 그리고 생태하천 때문에 정신이 없었다. 내 마음은 너무 한쪽으로만 쏠린다. 무슨 일이 있으면 정신없이 그 일만 생각한다.

퇴근하려고 운동장으로 나갔다. 희창이가 학교 아래 마을에서 뛰어 올라오더니, 혼자 땅바닥에 막대기로 금을 긋고 있다. 글자도 아니고 무슨 형상도 아니다. 그저 이리저리 앞으로 뒤로 옆으로 금을 긋는다. 4시 30분인데도 해가 뒷산을 넘어가고 앞산 머리에 햇살이 조금 걸렸다. 날씨가 추워 희창이 코끝과 볼이 빨갛다.

"희창아, 어디 갔다 왔어?"

“동네 한 바퀴 돌았어요.”

“혼자?”

“네.”

“왜?”

“그냥요.”

“그냥?”

“네.”

“아무도 없어?”

“네.”

강 건너 산마루에 걸려 있던 햇살도 넘어간다. 찬바람이 분다. 운동장이 너무 커 보인다. 나는 차창 밖으로 얼굴을 내밀고 희창이가 땅바닥에 금을 긋고 있는 것을 보며 말을 건다.

“희창아, 지금 혼자 뭐 해?”

“그냥요.”

“그냥 뭐 허냐고?”

“그냥요.”

“그냥 뭐 허냐고?”

희창이는 고개도 들지 않고 자꾸 운동장에 이리저리 금을 긋는다.

“희창아, 나 간다.”

“네, 안녕히 가세요.”

운동장이 너무 커서 자꾸 슬프다. 해가 넘어가버린 추운 운동장이 너무 넓어서, 놀 사람이 없어서 땅하고 막대기하고 노는 희창이가 너무 심심해 보여서 자꾸 뒤돌아보게 된다. 희창이가 땅에 그은 선들은 훌륭한 그림이리라. 훌륭한 친구고, 아름다운 이야기고, 빛나는 말이리라.

해가 지는 장엄한 자연 속에 희창이는 홀로 있었다. 겨울바람, 나무, 하늘, 물소리, 흙, 나무막대기, 검게 일어서는 산, 어둔 하늘 별빛 아래 희창이는 있다.

어제 아내에게 잘못한 일이 있다. 아내가 화를 냈다. 생각해보니 내가 잘못했다. 아내에게 "여보, 내가 잘못했어"라고 말했다. 아내가 좋아했다. 잘못한 것을 잘못했다고 하면 내가 진짜 착한 사람처럼 느껴진다. 난 참 착한 사람이다. 학교 일이든 아이들한테든 친구들한테든 모든 일을 그렇게 너그럽고 착하게 하자.

며칠 전 아이들에게 물었다.

"성탄절 돌아오는데, 내 새끼들에게 무슨 선물을 할까?"

그랬더니 아이들이 아침마다 내가 교실에 들어오면 "선생니임~" 하고 나를 쳐다본다. 어리광을 부리는 아이들 얼굴을 똑바로 쳐다

보며 내가 "뭐?" 하고 물으면 "있잖아요. 그거" 한다.

"있지. 다 있지. 저 앞에 산도 그대로 있고, 운동장도 있고, 교실도 있지."

그러면 입을 모아 외친다. "에이 있잖아요." 아침에 아내가 사놓은 양말과 과자를 가지고 교실에 들어섰다. 아이들이 환호성을 터뜨린다. "우와!"

희창이의 일기는 나를 울리고.

희창이의 일기

오늘 두무 마을을 돌았다. 잠바를 입지 않아서 춥기도 했다. 난 나무막대기도 가져갔다. 학교로 갈 수 있는 길이 나오자 물이 얼어버린 데로 내려가서 이상한 것을 주웠다. 난 그걸 옆에 좀 떨어져 있던 물이 많은 곳에 던졌다. 난 그걸 막대기로 가져와서 다시 던져 물고기를 놀라게 했다. 난 거기에 모래와 돌을 던지고 위로 올라왔다. 하지만 무서운 개들이 있어서 학교로 갔다.

난 막대기로 내 이름을 크게 썼다. 하지만 너무 크게 써서 '강'밖에 쓰지 않았다. 다시 내 이름을 썼는데, 이번에는 작게 썼다. 내가 '희'인가 '창'인가를 쓸 때 선생님이 날 부르셨다. 난 운동장에 선하고 동그

라미를 그렸다.

다은이 일기를 읽었다. 다은이의 일기는 나를 웃겼다.

다은이의 일기

우리 선생님

오늘은 성당에 갔다가 돌아오는 길에 최상현 오빠가 또 우리 선생님보고 용택이라고 했다. 내가 선생님 별명 부르지 말라고 했다. 하지만 자꾸 용택이라고 했다. 나는 화만 냈다. 난 우리 선생님 별명 부르는 건 딱 질색이다. 난 자꾸 분하고 화가 났다. 난 정말 최상현 오빠가 싫다. 최상현 오빠는 싸움대장이다. 내가 장난으로 한 대 치면, 세게 머리를 때린다. 난 아무도 우리 선생님 별명을 부르는 게 싫다. 듣고만 있어도 정말정말 화가 난다. 난 우리 선생님 별명을 부르는 사람은 용서 안 하고 내가 선생님 대신 반은 죽여놓을 것이다.

최상현 오빠는 이웃 학교 5학년이란다.

오후에 아이들 모두 가고 난 후에 희창이와 함께 텔레비전으로 영화를 보았다. 둘이 맘껏 웃었다. 희창이가 어찌나 배꼽을 잡고 웃던지 나는 더 크게 웃었다. 무슨 영화였냐고? 영화 제목은 '가문의 영광'이었다.

어제는 용수 형님 장례로 학교에 오지 못했다. 한마을에 살았지만 형님이 고등학교 3학년 때, 그러니까 내가 중학교 1학년 때 일이 형님에 대한 첫 기억이다. 내가 중학교 시험을 보러 갔을 때 형님은 순창 가기 전에 있는 한 마을에서 자취를 하고 있었는데, 형님이 담 너머로 차에서 내리는 나를 불렀다. 빡빡 깎은 머리가 돌담 위로 올라와 있던 모습이 지금도 눈에 선하다. 중학교 1학년 때까지 나는 형님과 같이 자취를 하며 순창 읍내에서 살았다. 그때 일은 별로 기억이 나지 않지만, 형님이 잡지 『사상계』를 읽는 것을 본 적이 있다. 내가 추워서 웅크리고 학교에 가면 형님이 "용택아! 가슴을 주욱 펴라"라는 말을 한 기억이 난다.

형님은 오래 형사 생활을 했다. 전주경찰서에 있을 때 형님은 늘 나에게 전화를 걸어 강연 내용에 대해 수위 조절을 권했다. 한번은 전교조 행사를 하는데 미리 알고 나에게 전화를 해서 "용택아, 오늘 너 잡으러 가니 정말 말조심해라" 하고 당부했다. 그날은 교육청 장학사들과 치안본부, 안기부에서 나를 잡으러 왔지만 별 내용이 없어서 그냥 갔다. 형님은 그들에게 나를 인사시키기도 했다. 학생운동을 담당했지만 형님은 늘 학생들과 친했다. 데모 주모자를 처가에 숨겨두기도 했다. 친척들 잔칫집에라도 오면 제일 큰 소리로 전두환, 노태우 정권을 욕하곤 했다. 형님의 아들 둘은 신부가 되었고, 딸 둘은 수녀가 되었다. 딸 하나만 결혼해서 딸을 낳았다.

장례를 치르는 곳에 세 명의 동네 친구들이 왔다. 한수 형님과 종길이 아재, 송지 형님이다. 우리 동네 사람들이 다 온 셈이다. 이제 동네가 참으로 망했다(?)는 생각이 들어 세 분을 보고 나는 속으로 울었다.

형님은 천주교 신부 아버지들이 묻히는 묘지에 묻혔다. 술을 너무 좋아하고, 마음이 유순하고, 정이 많은 형님이었다.

삶은 고달프고, 괴롭고, 고통의 연속이다. 죽음은 무엇일까. 삶 속에 죽음이 늘 함께 있다. 이 세상엔 삶이 있고 죽음이 있다. 그 두 문제를 우린 풀지 못한다. 형님은 63년 동안 살았다.

별일 없었다. 산은 가만히 그 자리에 있고, 물만 흐르고…… 아이
들은 운동장에서 찬 바람을 맞으며, 찬 바람을 헤치며, 찬 바람을
가르며 뛰놀았다.

자기 자신을 위한 삶이 되도록 해야 한다. 나는 늘 지금을 사랑했
다. 나는 늘 지금이 좋았다. 항상 지금의 내가 제일 좋았다. 어제의 일
이나 내일의 일을 나는 크게 생각해보지 않았다. 나는 다만 내가 딛고
있는 지금의 일상을 잘 살았다. 내 현실이야말로 내 스승이었다.

나를 스스로 귀하게 가꾸지 않으면 그 누구도 나를 귀하게 생각
해주지 않는다. 우리 어머니는 늘 그러셨다. 우리 집 개를 우리가
예뻐해야 동네 사람들도 예뻐한다고. 자신을 귀하게 가꾸라는 말이

었다. 교육의 기본은 자기를 알고 자기를 귀하게 가꾸는 데 두어야 한다. 그래야, 자기가 귀하고 소중한 사람이라는 것을 알아야, 남도 귀하게 생각해줄 줄 안다.

기온이 영하로 내려갔다.
앞강 기슭이 하얗게 얼었다.

방학했다.

아이들은 운동장을 뛰어 집으로 간다.

잘 가라. 아이들아!

산이랑 물이랑 나무랑 하늘이랑 잘 놀다가 오너라.

겨울방학, 1학기

1월 1일 ~ 5월 20일

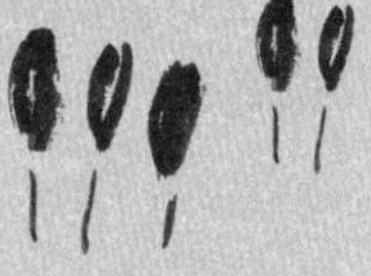

집에서 놀다.

희창이는 어디서 놀고 있을까?

학교 운동장에 한번 가보았을까?

고덕산에 갔다.

오르는 산마다 모두 다르다. 힘들다는 생각을 하면 힘이 더 들고, 힘을 내 걸으면 힘이 덜 든다. 오르고 내리고, 올라갈 때가 있으면 내려갈 때가 있다. 비탈진 산을 올라간다고 다 힘이 부치는 것은 아니고 내리막길이라고 다 수월한 것은 아니다. 삶의 길도 그러하리라. 늘 허심탄회하고 마음에 티끌 하나 두지 않는 담백함이 필요하다. 마음을 잘 다스려 늘 새털처럼 가볍게 해야 한다.

자다가도 퍼뜩 깨어 민세가 낯선 미국 땅에 있음에 놀라곤 한다. 민세야! 누구에게나 능력은 있고 가능성은 있다. 그러나 민세야, 능력보다 더 아름다운 것은 용기다. 인류를 위한 용기를 가져라. 네 인생 적기가 바로 지금이다. 보고 싶구나.

날마다 교육부총리 임명 문제로 나라가 시끌시끌하다. 우리가 불쌍하고 우리 삶이 참 한심하다. 교육부 관료 권력이 문제다. 그들이 주물러온 이 땅의 교육이 우리 교육을 이렇게 황폐하게 만들었다. 일제강점기 일제에 부역하던 민족반역자들이 해방과 더불어 우리 교육계를 장악하고 다시 교육을 이끌었다. 그들은 스스로 권력층이 되고, 그들을 필요로 한 군부 독재 세력과 어울려 '마피아' 같은 조직을 건설했다. 그들이 장악한 교육관료 조직은 점점 교육계를 장악했다. 교육부의 그러한 조직은 지방관료 조직까지 새끼를 치고 부식해서 지방 교육계에서도 교육관료 권력이 자생하게 했다.

그리하여 교사들은 기를 쓰고 그 그물 속으로 들어가려 한다. 교육관료의 집단 권력화는 거듭 확대 재생산되어 그 벽이 가히 철옹성이 되었다. 민주 교육을 철저하게 봉쇄하고 방해해온 그 세력들의 힘이 지금도 음흉하게 자리를 잡아 교육 민주화를 가로막고 스스로 부패하고 있다.

교육부를 이대로 두어선 안 된다. 교육부를 해체해야 한다. 군 단위 지역 교육청을 통폐합하고 그 기능을 재고해야 한다. 그 권력을 깨뜨리지 않고서는 우린 진정한 교육을 기대할 수 없다. 그들이 장악하고 있는 거대한 조직을 해체해야 우리에게 미래가 있다.

세상 그 어떤 조직보다 가장 자유로워야 할 교육 집단이 가장 경직된 조직이 되어 교육의 숨통을 막고 있다. 이 턱없이 불합리하고 비이성적이며 반지성적인 집단들이 우리 사회의 진정한 발전을 끊임없이 방해해왔다. 그것이 사회병리 현상으로 나타나고 있다.

대전에 있는 혜숙이가 뇌경색으로 쓰러져 병원에 입원했다. 아내랑 어제 밤을 새우고 왔다. 아내의 꾸밈없는 보살핌이 정말 자연스럽고 따뜻했다.

이런 큰일이 있을 때마다 사는 게 뭔지 자꾸 허무감에 빠진다. 병원에서 이런저런 환자들을 보면서 태어나 온갖 고통과 괴로움 속에 살다가 죽는 이 생로병사야말로 풀 수 없는 불가사의라는 생각을 한다. 그 누구도, 그 어떤 현인도, 그 어떤 종교도 이 문제를 해결하지 못했다. 다만 태어나 살다가 병들고 고통받다 죽을 뿐이다. 죽는 것만이 가장 확실한 진리다.

춥고 눈 오니, 겨울다워서 안심이 된다

오늘 연수가 있었다. 두번째 시간 국어를 강의하는 사람이 80년대에 나더러 빨갱이라고 했다던 아동문학가다. 교육장까지 했단다. 아무리 세상이 변하고, 아무리 내가 나이가 들었어도 나는 그 사람 강의를 들을 자신이 없어서 그냥 와버렸다. 오면서 내가 속이 좁았나 하는 생각에 자꾸 꺼림칙했지만 다른 강의들도 그저 그런 내용들이어서 앉아 있을 필요가 없을 것 같았다. 시간도 아깝고. 대신 집에 와서 박용숙 선생의 『한국미술사 이야기』를 읽었다.

방학 동안 수많은 연수가 이루어진다. 한 시간이라도 선생님들에게 꼭 필요한 내용으로 구성되고 선생님들이 의욕을 갖도록 절실함이 반영된 연수가 필요하다. 방학 때마다 아니면 학기중에 수업을 빼먹으면서 받았던 그 수많은 경제 교육, 새마을 교육, 정신 교육, 반공 교육 등 체제 유지 교육들이 얼마나 선생들을 괴롭혔던가. 그 악몽들을 나는 잊지 못하고 있다. 교사 재교육이 점수 따려는 교사들 교육이 되어서는 안 된다. 재교육의 내용은 말 그대로 확대 재생산되어 교육 현장으로 고스란히 되돌아와야 한다.

일직이다. 학교에 가서 아이들에게 전화했다. 종현이는 서울 가고, 현수, 은희, 용민이, 희창이, 강수는 집에 있고 다은이, 한빈이는 집에 없었다. 지금 뭐 하냐고 물었더니 집에 있는 놈들은 모두 텔레비전 본다고 했다. 희창이더러 일기 쓰느냐고 물어보았더니 묵묵부답이다.

교실에서 혼자 도시락 먹으니 참 맛있다. 교실에 가니 마음이 놓이고 푸근하다. 산천을 둘러본다. 내가 평생을 산 곳이다. 날이면 날마다 보던 산천이 늘 새롭던 곳이다. 이렇게 유리창으로 산천을 보고 있으면 나는 평생을 행복하게 살았다는 생각이 든다. 생각할수록 나는 복이 많은 사람이다. 질리지 않는 산천과 그 산천을 보고 질리지 않는 마음을 가졌으니 말이다.

내 교실은 예쁘다. 학교를 찾아온 많은 사람들이 다 그렇게 내 교실을 좋아한다. 나도 좋아한다. 그림들이 좋고, 아이들 책상이 좋고, 내가 앉은 책상도 좋다. 창밖이 좋고 운동장이 좋다. 멀리 보이는 우리 동네 앞산도 메마른 듯 흐르는 강물도 좋다.

후회하지 않는 삶을 나는 살았다. 인생에 대해 나는 허무주의자이지만 그래도 삶은 늘 살 만했다. 산다는 것의 무의미함이 때로 나를 허전하게도 만들었지만, 하나하나 내 삶의 흔적들은 아름답고 또 어여쁘게 슬픈 것들이었다.

큰 욕심 부리지 않고 책 쓰고, 책 만드는 재미로 살았다. 삶이 도대체 무엇인가. 삶이 때로 부질없고 덧없을 때 삶은 새로이 아름답다. 나는 참 단순하게 산 셈이다. 부러울 것도 무서울 것도 없다. 조금은 외롭고 조금은 쓸쓸했다. 그 쓸쓸함과 외로움이 소금처럼 나라는 사람을 간간하게 해주었다. 살자! 살아보자!

교실 뒤 벽에 붙은 아이들의 화려한 그림처럼 내 삶은 단순한 화려함으로 이끌려간다. 아이들은 자기가 보는 눈으로 세상을 그린다. 나는 어떤 그림보다 아이들이 자기들 생활을 그린 꾸밈없는 그림을 좋아한다. 그림을 그리고 있는 아이들이 무아지경에 빠진 모습은 나를 늘 진지하게 한다.

학교에 오면 많은 생각들이 일어난다.

고속버스 타고 대전 가서 대전에서 다시 급행버스 타고 속리산에 갔다. 나팔꽃 모임 시인들과 노래패들하고 놀았다. 모두 설사가 났다. 종환이는 어찌나 설사를 했던지 몸을 가누지 못해 누워버렸다. 아침에 눈이 왔다. 눈 맞고 절까지 걸었다. 시인들과 눈을 맞으며 걷는다는 것은 행복이다. 세상이 다 시다. 하는 짓, 하는 말이 다 시다. 산도 들도 강도 사는 것도 다 시다. 설사도 시다.

전주 오면서 어떤 주유소에서 개를 묶어둔 짧은 끈을 보고 주인에게 개끈 좀 길게 해달라고 부탁했다. 끈이 짧아서 개가 집에 들어가지 못한다. 어쩌면 그렇게 개에게 무관심할까. 개가 제집에 몸을 들여놓아야 하지 않겠는가. 무지 춥고 새끼까지 낳았는데……

월급날이다. 방학 때도 월급날이면 학교에 가서 봉투에 돈을 받아왔다. 방학 때 월급날이면 그렇게 마음이 한가하고 여유로웠다.

방학 동안 아이들이 먹는 도시락 사건을 놓고 사람들이 분노를 터뜨린다. 어떻게 저런 허술한 음식을 먹이느냐는 것이다. 놀랄 일이 이것뿐일까? 이 땅 곳곳이 이와 같음을 우리는 다 알고 있다. 부정부패의 구조화, 상식화, 일반화, 관행화, 일상화, 권력화가 진즉 이루어져 있다.

이렇듯 우리 사회의 구조는 모래와 시멘트와 물 비율을 지키지 않고 지은 건축물처럼 불합리하고 부실하다. 이게 다다. 이 땅의 가난한 아이들이 먹을 도시락에서 썩은 냄새가 진동한다.

맑음

도시락 사건, 아이들 답안지 작성해준 교사, 자녀 부정입학 혐의 교수, 촌지 주는 부모, 촌지 받은 교사…… 다 한 가지에서 나온 한 뿌리, 한 줄기다. 이러고도 사는 게 신기하다. 선생에게 촌지를 주고, 선생이 촌지를 받는 이 부끄러움이 지속된다. 참으로, 지겹고도 지겹다.

희창이의 동시 「팽이」는 김수영 시 같다.

팽이야 빙빙 돌아라, 어지럽다고 멈추지 말아라.
팽이야 빙빙 돌아라, 멈추면 죽는다.

팽이야 돌아라, 힘차게 돌아라.

팽이야 빙빙 돌아라, 니 위에 무거운 게 떨어졌다고 멈추지 말아라.

팽이야 빙빙 돌아라, 물에 떨어져도 돌아라.

빨간 팽이, 노란 팽이, 초록 팽이 모두 돌아라.

팽이야 빙빙 돌아라, 거센 바람이 불어도 돌아라.

낡은 말이 세상을 죽인다. 새로운 말을 찾을 때다. 시는 세상을 살리는 말의 축제다. 축제를 잃은 말들이 시가 되어 세상을 두 번 죽인다. 치열함, 삶의 핵심을 갈파, 살아나는, 살려내는, 살아 있는 말.

맑고 추움

지난 토요일 남해에 갔다. 전북대학에서 동양철학 하시는 선생님 내외, 태주 내외, 종민이 내외, 도현이 내외, 남준이 등과 남해 금산 갔다가 사천에서 잤다. 회를 배불리 먹었다. 회가 맛있었다. 밥을 푸짐하고 배부르게 먹으면서 내가 지금 이렇게 배가 터지게 잘 먹어도 될까 미안한 마음이 들었다. 세상에 배고픈 곳이 너무 많다. 나는 죄인이다. 북한 어린이들이 생각난다. 금강산에 가면서 보았던 군인들, 찬바람 맞으며 논두렁을 뛰어가던 아이들과 만주 벌판을 지나 백두산에 가며 바라보았던 삭막한 무채색 북녘 땅이 떠오른다.

교원윤리강령 귀신이 또 출몰했다. 교육계에 무슨 일만 있으면 출몰하는 귀신이 답안지 대리 작성 부정 때문에 또 나타났다. 그러나 어찌 답안지뿐이겠는가. 학교에서는 학부형들에게 해야 할 설문조사를 버젓이 교사들이 하게 하는가 하면, 3학년이 답할 설문을 5학년이 답하게 한다. 그렇게 대신 설문조사를 한다는 것을 학생들도 잘 알고 있다.

이런 세상인데 누가 누구와 어떻게 자정운동을 한다는 말인가. 누가 교사윤리강령을 만든다는 말인가. 유신 시대, 5공·6공 시대처럼 또 그렇게 선생님들을 강당이나 운동장에 모아놓고 윤리강령을 낭독하고, 띠 두르고, 플래카드 들고 어디다가 주먹질을 하잔 말인가.

영화 〈공공의 적 2〉를 보았다.

우리나라에 그런 검사가 단 한 명이라도 있었으면 좋겠다.

선생은 위대하다. '선생'이라는 말을, 나는 사랑한다. 진정한 선생은 가르치면서 배운다. 매 순간, 하루하루 사람을 상대하며 지내는 선생은 가르친 것보다 더 많은 것을 종합적으로 배운다. 사람이 커진다.

나는 아이들과 공부하면서 때로 내가 훌쩍 성숙해지는 느낌을 받는다. 선생이 위대한 것은 상대하는 대상이 사람이기 때문이다. 그 자체가 위대한 일이다. 아이들을 대하다보면 나는 늘 잘못을 저지른다. 그 잘못을 진심으로 반성하는 일은 자기를 성숙하게 만드는 일이다. 반성함으로써 스스로 성숙해지는 일은 자기의 인격을 완성해가는 일과 같다. 내가 먼저 훌륭한 인격자여야 사람을 가르칠 자격이 있지 않겠는가. 끊임없이 인간 자격을 갖추는 일을 해야 한다. 가르치는 것은 수양이고 인간적인 자기교육이다. 그래서 '선생'이라는 말에서는 성스러운 느낌마저 묻어난다. 나는 정말이지 그런 선생이고 싶다.

흐림

학교에 갔다. 다은이만 빼고 다 왔다. 아이들이 살이 통통하게 올랐다. 집에서 놀고먹어서 그런지 방학이면 아이들 얼굴이 환해지고 살이 오른다. 아이들을 보니 정말 반갑다. 모두 한 번씩 안아주었다.

오후에 울산에 가서 정일근이 하는 노래 공연에 갔다. 지역에서 지역 주민들의 문화예술적인 잠재력을 끌어내는 것은 외부에 의지하지 않고 자발적이고 자생적일 때만 가능하다. 지역 인사들을 도외시하고 유력 인사들에게 의지하는 문화운동은 의미가 없으며 곧 시들어버린다. 결국 돈만 낭비하고 지역 주민들만 불쌍해진다.

울산이라는 도시를 상대로 하는 정일근의 문화운동은 나름대로 기반을 다지고 있고, 탄탄해 보이기도 한다. 일근이와 몇 번 만나지 않았지만 그와 지내는 시간은 유쾌하다.

울산에서 자고 통도사에 가서 대한 스님에게 밥 얻어먹고, 차 얻어 마시고 자기까지 선물로 받아왔다.

대전에 들러 혜숙이 보고 집으로 왔다. 27일부터 부산, 울산까지 긴 여정이었다. 하루만 다른 곳에서 자도 집에 가고 싶다. 집이 그리웠다.

맑음

순창 복흥에 눈이 72센티미터 왔다. 눈을 쌓고 파서 굴을 만들어 아이들이 그 하얀 굴속에서 논다.

아이들은 무엇이든 놀잇감으로 만든다. 공기놀이도 길가나 마당에 있는 작은 돌을 가지고 하는 놀이다. 봄가을과 겨울철 놀이에는 몸을 쓰는 것들이 많다. 겨울철 썰매타기라든가, 눈싸움이라든가, 눈사람을 만드는 일은 다 몸을 써서 하는 놀이다. 몸을 많이 움직이고 운동량이 많아야 추위를 이길 수 있기 때문이다. 고무줄놀이와 자치기도 빼놓을 수 없는 겨울철 놀이인데 이 역시 몸을 많이 움직여야 한다.

여름에는 몸을 움직이지 않고, 그늘에 앉아서 하는 놀이들이 많

다. 느티나무 밑 커다란 바위에 선을 여러 줄 그어놓고 하는 놀이라
든가, 커다란 느티나무 껍데기에 아주 작은 풀잎을 숨겨놓고 찾는
놀이라든가. 공기놀이도 여름철 놀이다. 아이들은 누가 시키지 않
아도 계절에 맞는 놀이를 찾아 자연스럽게 바꿔가며 논다. 이렇게
눈이 많이 내리면 어디에 있건 눈은 아이들 놀잇감이 된다. 비탈길
에서 비닐 비료 포대를 가지고 미끄럼을 타는 것은 아이들에게 아
슬아슬하면서도 신나는 놀이 중 하나다.
　나뭇가지도, 돌도, 얼음도, 풀잎도, 물도, 흙도, 나뭇잎도, 이 세
상 그 어떤 것도 다 자기들 놀잇감으로 생각하고 가지고 노는, 오직
놀이에 빠져 있는 아이들 세계는 행복한 세계다. 어른들은 그 놀잇
감을 재빠르게 돈으로 계산한다.

　내일 창우 졸업식이다. 아내가 요즘 들어 창우와 다희가 보고 싶
다고 해서 전화를 했더니 졸업식 소식을 알려준다. 다희에게 내일
같이 가자고 전화했더니, 다희는 자고 다희 아빠가 내일이 다희 중
학교 배정일이란다. 같이 가고 싶어했지만 우리 내외만 창우 졸업
식에 가고 저녁에 창우, 다희 데려다가 집에서 재우기로 했다. 많이
들 컸을걸.

　저녁에 지율 스님 단식 중단 소식을 듣고 한숨 놓다.

삶의 가치, 자연과 생명에 대한 우리 삶의 태도를 근본적으로 다시 생각해야 한다. 병들어가는 백두대간의 저 신음 소리를 들어야한다. 물, 흙, 바람, 햇살, 나무, 풀…… 그 푸른 생명의 색과 소리. 설명할 수 없는 저 무궁한 가치. 잘사는 것, 행복한 것, 아름다운 것들이 외치는 생명의 함성. 인간만이 스스로를 파괴하고, 자기들이살 자리를 자기들이 파괴해 병들어 죽게 한다.

맑음

창우 졸업식에 갔다. 학수도 보고, 은미도 보고, 정미도 보았다. 학수를 보니 반가웠다. 창우랑 마암분교 선생님들이랑 같이 점심 먹고 오후에는 완주에 있는 어떤 중학교에 갔다. 다희 언니 세희 졸업식에 다희를 데리고 가기 위해서였다.

중학교 졸업식장에는 마암분교 아이들이 다 모였다. 진철이, 현자, 세희가 졸업을 했다. 진철이와 현자는 초등학교 2학년 때 내가 가르친 아이들이다. 현자는 아주 예뻐지고 키가 컸다. 현자 언니 현정이도 보았다. 역시 키도 크고 예뻐졌다. 이 두 자매를 보면 마음이 애잔해진다. 엄마 없이 예쁘게 잘도 컸구나. 현자 아버지도 보았다. 진철이네 형제들이 다 모였다. 무슨 일만 있으면 부모님들까지 모두 모인다. 진하, 진욱이, 진이, 진산이가 다 왔고, 두나네 식구들도 다 모였다. 마암분교 식구들의 잔칫집 같다.

졸업식은 거의 두 시간가량 한 것 같다. 많은 상장들을 일일이 다 읽고 손수 주느라 상 주는 데만도 거의 한 시간이 걸렸다. 이날 준 상을 여기에 옮겨보겠다.

학교장상, 학교운영위원장상, 동창회장상, 농업기술센터장상, 군수상, 면장상, 군의원상, 농업기반공사 전북본부장상, 농협조합장상, 새마을부녀회장상, 우체국장상, 소방대장상, 바르게살기협의회장상, 학업우수상, 3년 개근상, 3년 정근상, 1년 개근상, 1년 정근상, 충의상, 효행상, 선행상, 기능상, 체육상, 예능상

그 밖에 농협 장학금, 축구회장 장학금, 교회 장학금, 담임선생님 두 분께 감사패.

별스러운 감동도 없는 졸업식을 사람들은 잘도 참고 견딘다. 남의 학교 졸업식이라 별 할말이 없지만, 몇십 년간을 이렇게 감동 없는 졸업식을 한다. 식은 그냥 식에 그치고 만다. 학교마다 모두 대동소이할 것이다. 하루에 두 학교 졸업식을 다니느라 지쳤다. 내가 초등학교 졸업할 때와 별다른 게 없다. 교장선생님이 들려주시는

말씀도 별다른 게 없다. 아마도 일본 제국주의식 졸업식일 것이다.

　졸업식이 끝나고 창우와 다희를 데리고 극장에 갔다. 〈말아톤〉을 보았다. 다희도 창우도 나도 아내도 다 울었다. 좋은 영화였다. 영화 보고 레스토랑에 가서 피자 먹고, 스파게티도 먹고, 돈가스도 먹었다. 집에 와서 창우와 다희가 잘 방을 정해주었다. 오늘 아침에 일어나니 창우는 침대에서 자고 다희는 방바닥에서 자고 있었다. 아침 11시까지 그냥 자도록 내버려두었다. 어제저녁에 2시가 넘어서까지 이야기하다 잤단다. 참 신기한 아이들이다. 아침에 다희는 전주 집에, 창우는 시골집에 데려다주었다. 오는 도중에 동수와 인수를 만났다. 진짜 반가웠다. 아이들에게 용돈을 주고 왔다.

　인수를 보니 가슴이 아팠다. 너무 초라하게 크고 있었다. 인수와 학수, 선옥이를 생각하면 가슴이 아프다. 은미도 그렇고, 현자와 현정 자매도…… 가슴이 아파온다. 마암분교를 생각하면 슬프고 눈시울이 시큰해진다. 불쌍한 아이들이 너무 많다. 그러다가, 그렇게 그 아이들을 생각하며 지내다가 나는 또 잊고 살아간다.

　다희와 창우는 끝까지 나랑 만나며 살 것이다. 이 세상에서 제일 정이 든 아이들이 창우와 다희와 마암분교 아이들이다. 그곳은 내 교육의 고향이다. 가난하고, 슬프고, 사람 냄새가 묻은 가슴 아린 순결의 꽃들이 애잔하게 피어 있는 곳이다. 우린 행복했다.

오늘자 신문 1면을 보니 커다란 컬러 기사가 눈에 띈다. "우리가
잘못했습니다"라는 제목 밑에 교육 원로들이 자책의 회초리를 들었
다는 내용이었다. 사진을 보면 두 사람이 흰옷을 입고 석고대죄하
고 있고, 그 뒤로 양복 입은 몇 사람이 종아리를 걷고 회초리로 스스
로를 때리고 있다.

내 심정을 솔직히 말하면 나는 그들의 반성과 자책의 매질이 그
리 아름답지 않아 보였고 자연스러운 감동도 받지 못했다. 내가 뒤
틀린 생각을 하고 있는지 몰라도 이들의 이런 행동도 믿을 수가 없
다. 더 솔직히 말하면 맞아도 싸다. 한 시절을 잘 먹고 잘산, 교육계
에서 출세한 사람들이 저런다고 누가 저 매질과 아픔을 감동으로
공유할 것인가.

길을 잘못 든 사람이 걸음을 재촉한다는 말이 있다.

명심하라.

한 학년이 얼마 남지 않았다. 남은 기간 아이들과 친하게 지내는 데 시간을 많이 써야겠다. 그동안 이런저런 일로 아이들과 부딪치며 아이들에게 준 상처를 어루만져주어야 한다. 아이들은 잊었는지 몰라도 나는 기억하는 게 참 많다. 아직도 사람을 대하는 일이나, 아이들을 대하는 내 태도에는 문제가 많다. 나는 그것을 안다. 아이들을 심하게 나무라고 탓하고 꾸짖지만 사실은 나 자신에게 낯 뜨겁고 부끄러울 때가 많다.

'고치자. 나를 아이들에게 맞게 고치자! 고치자! 한번 더 생각해 보자.'

늘 생각은 하는데도 잘 안 된다. 선생으로서, 혹은 어른으로서 내 생각이 아이들에게는 너무 큰 부담이 되고 짐이 되는 일도 많을 것이다.

이번주와 다음주 사이에 나는 우리 반 여덟 명과 아름답고도 인간적인 화해를 해야 한다. 생활하면서 알게 모르게 쌓인 불만을 털어버리고 맑고 환한 사이, 아름다운 사이가 되어야 한다.

맹추위, 겨울이 추우니 좋다

세상의 깊이를 읽어내는 글이 필요하다. 나는 너무 감성의 문제로 호소한다. 나약하고 감상적으로 비친다. 힘이 있는 글은, 현실을 깊이 성찰하는 데서 나온다. 세상과 같은 높이에서 길어올리는 힘 있는 생각과 글은 사람들 마음으로 옮겨가 그 마음을 움직인다.

지성인은 사회적 비판과 실천을 전제로 존재한다. 비판 없는 지식과 지성은 곧 시대의 타락을 부르고 지식의 죽음을 의미한다. 우리 시대에 지식인은 있는가. 우리 시대에 지성은 있는가.

지난 시대에 그렇게나 격렬하게 우리 시대를 비판하던 지식인들은 다 어디로 가버렸는가. 그들이 비판했던 모든 사회문제가 해결되었단 말인가. 그렇게 격렬하던 싸움이 결국은 다 자기 자신을 위한 것들이었단 말인가. 우리 삶은 그리 크게 변하지도 않았고 개선되지 않은 많은 것들이 아직도 건재한데……

60, 70, 80년대에 온몸을 바쳐 민주화운동을 하던 지식인들이 대거 정치권력에 참여하고 있다. 그들의 행태 역시 그렇게 미워하던 옛 권력자들의 행태와 별로 다를 바 없어 보인다. 권력에 어울리는 관용차를 타고 권위를 내세우며 산다. 가난하고 힘없는 지역 사람들에게 그 누구도 배려하는 손길을 주지 않는다. 지역에 내려와도 다시 옛날 '권력꾼'들을 만나 조용히 밥만 먹고 간다. 그들이 참여한 정권에는 아무런 문제가 없단 말인가. 모두 조용하다. 옛날보다 더 조용하다. 행여 그들이 원하는 세상이 되어 그들에게만은 아무 문제가 없는지 모르지만 우리에게는 아직도 멀었다. 정권에 참여해서 비판의 날을 굽히고 권력 근처에 숨은 이 땅의 지성에게, 이 땅의 지식인들에게 나는 묻고 싶다. 우리는 지금 어디로 가고 있는가.

아무런 비판의식도 없는 지식인들이 대학에 득실거리며 밥벌이에 혈안이 되어 있다. 연구비는 타서 어디에다 쓰는가. 그 연구비가 세금이다. 그 연구물 나도 좀 보며 살자. 이 시대 지성인의 비판적인 목소리는 우리 대학 그 어느 곳에서도 들려오지 않는다. 다 무엇들을 하고 있는가. 반성하라. 각성하라. 비판이 없는 대학은 죽은 대학이다. 비판이 없는 학문은 죽은 학문이다. 비판이 곧 대안이다. 내 밥그릇 차지하려는 비판이 아니라 정말 현실 속에 살아 숨쉬는 비판이 필요한 때다. 대학이 죽으면 우리가 죽는다. 세상이 다 죽는다. 지성인이 입을 다물고 안주하면 세상은 금방 썩는다. 이 땅에 지성의 새파란 잎이 다시 돋고, 지성의 푸른 나무가 곳곳에 무성해지길 나는 진정 바란다.

솔직히 말하면 나는 대학 사회, 지식인 사회를 잘 모른다. 나는 촌사람이고, 내가 차지하고 살아야 할 자리를 잘 아는 사람이다. 나는 지금 나의 이 작고 조촐한 삶을 사랑한다. 나는 작고 작으며, 내 목소리는 어설프고 세련되지 못했다. 나는 논리를 세우는 사람이 아니다. 그러나 나는 우리 시대가 지금 정신적으로 위기라는 것을 알고 있다. 이 땅의 모든 지성은 다 어디에서 무슨 일들을 하는지 나는 정말 궁금하다. 진정한 지성에 나는 목마르다.

하루 종일 비 오다가 눈 오다가 비와 눈이 함께 오더니,
높은 산엔 흰 눈이 하얗게 쌓였다.

눈 옵니다.
봄눈이지요.

비도 오고요.
봄비입니다.

남쪽에 매화가 피어난답니다.

봄꽃이겠네요.

오늘부터 방학입니다.
봄방학이지요.

다은이, 은희, 희창이, 용민이, 현수, 강수, 종현이, 한빈이가 내 품을 떠났습니다. 한 번씩 꼭 껴안아주었습니다. 나는 내 품에 쏙 안긴 아이들 등을 두드려주고 아이들은 내 허리 부근을 토닥토닥 때려줍니다. 아이들의 작은 주먹이 나를 때립니다. 나를 때린 그 작은 주먹들이, 그 주먹질이 내 마음을 때려 아프게 하고 일깨워줍니다. 잘못했다, 아이들아! 그때는 내가 잘못했다, 아이들아! 아이들이 봄비 속으로 떠났습니다.

3월 2일 파란 싹이 되어 돌아오겠지요.

우리 모두 활짝 웃고, 사진 찍었습니다.

우리 반 2학년 아이들 네 명이 내 앞에 앉아 있다. 때론 겁먹은 눈망울로 때론 그지없이 천진난만한 눈망울로 나를 바라본다. 까만 눈망울과 표정이 정말 진지해서 내 마음이 서늘할 때가 다 있다. 지금 앉아 있는 이 아이들의 아버지와 어머니도 내가 가르쳤다. 화가 날 때 내 앞에 있는 채훈이 이름을 부른다는 게 채훈이 아버지 이름을 불러 채훈이를 어리둥절하게 할 때도 있다. 하는 짓이나 몸짓이 꼭 아버지를 닮아 착각하게 된다.

나는 이 학교를 졸업했다. 내가 입학할 때는 교실이 없었다. 전쟁으로 교실이 모두 불타버렸기 때문이다. 우리는 운동장가 큰 벚나무에 매달아놓은 칠판 앞에서 공부를 했다. 공부를 하다가 비가 오면 선생님은 우리를 집에 보내주셨다. 추운 겨울, 지붕도 책상도 없는 교실에서 벌벌 떨다가 눈이 내리면 또 집으로 갔다. 2학년에 올라가서야 학교에 주둔하던 군인들이 교실을 지어주었다. 내가 학교를 졸업할 때 우리 반 학생은 모두 열여덟 명이었다.

70년대 초, 내가 선생이 되어 이 학교에 왔을 때 학교 아이들은 700명쯤 되었다. 나는 우리 동네 아이들과 함께 강길을 걸어다녔다. 아침저녁이 다르고 봄, 여름, 가을, 겨울이 다른 학교 길은 참으로 아름다웠다. 그 강길에는 눈이 오고 바람이 불고 비가 왔다. 나는 그 길을 20년쯤 걸어다녔다. 초등학교 6년, 선생을 하며 20년쯤 걸어다녔으니, 26년 동안 그 길을 걸어다닌 셈이다. 하늘빛을 닮은 파란 호수가 있고 산딸기가 빨갛게 익어가는 그 길이 사라진 후에도 나는 지금까지 이 학교에서, 그리고 학교 부근에서 하루하루를 보내고 있다.

내가 50년 전 이 학교에 1학년으로 들어왔을 때 내 키보다 작았던 소나무는 이제 나보다 몇 배나 키가 컸다. 그때 전교생이 열두 학급이었는데, 반마다 두 양동이씩 나누어 먹고도 남을 만큼 열리던 살구나무는 이제 늙어 살구꽃이 드문드문 핀다. 나이가 들어서도 저렇게 늙은 가지에 고졸한 꽃을 피우는 나무들을 보며 나는 감동한다. 다 살고 늙어 자연스럽고 아름답게 죽어가는 살구나무 곁에서 나도 50년을 살며 나이가 들고 늙어가고 있다. 저마다 다른 얼굴을 한 수없이 많은 아이들이 살구처럼 내 곁을 떠나갔지만……

이 땅에 태어나고 자라 지금까지 고향 작은 학교에서 아이들과 살아온 날들은 늘 그날이 그날 같은 세월이었다. 교육이 무엇인지도 모르고 선생을 시작한 지 5년쯤 지났을 때 나는 이 작은 학교에서 평생을 선생으로 살리라 다짐했다. 철없고 치기 어린 다짐이었고 나하고만 한 약속이었으나, 용케도 그 다짐을 배반하지 않고 지금까지 살았다. 그 약속을 지키는 일이 내겐 유일한 희망이었던 셈이다.

희망 없이 산 삶이, 아니 더 이룰 희망 없이 일찍 희망을 이루어버린 삶이 그러나 허망하고 쓸쓸하지는 않았다. 세상에서 가장 인간다운 얼굴을 한 아이들과 하루를 사는 삶을 내 현실로, 나만의 일생으로 행복하게 가꾸는 것은 그 어떤 가치와도 바꿀 수 없는 내 절대 가치였으니까. 내 앞에는 늘 꽃보다 아름답고 눈부신 아이들이 있었으니까.

이 글을 쓰고 있는 점심시간, 아이들이 떠드는 소리가 산천을 울린다. 산으로 삥 둘러싸여 있는 학교 운동장은 눈이 부시게 아름답다. 어디선가 꾀꼬리가 꾀꼬리 같은 목소리로 운다. 비 그친 앞산 뒷산 청산이 찬란하다 못해 눈이 시리다. 햇살이 눈부시게 쏟아지는 저 장엄한 자연 속에서, 문학과 예술을 사랑하는 내 기름진 정신과, 풋살구 같은 아이들과, 땀 흘려 일하는 농부들의 느리고 더딘 삶이 그 어떤 희망보다 나를 행복하게 해주었던 빛나는 일상이었다. 나는 그 일상을 존중하고 사랑하며 살았다. 남이 보기엔 하찮고 사소한 것들 같았으나 내겐 지구만한 무게를 지닌 날들이었다. 나는 잘 살아왔고 잘 살고 있다고 감히 스스로에게 말하고 싶다.

수 인디언 '노란 종달새'의 기도문이다.

노란 종달새의 기도문

바람 속에 당신의 목소리가 있고
당신의 숨결이 세상 만물에게 생명을 줍니다.
나는 당신의 많은 자식들 가운데
작고 힘없는 아이입니다.
내게 당신의 힘과 지혜를 주소서.

나로 하여금 아름다움 안에서 걷게 하시고

내 두 눈이 오래도록 석양을 바라볼 수 있게 하소서.

당신이 만든 물건들을 내 손이 존중하게 하시고

당신의 목소리를 들을 수 있도록 내 귀를 예민하게 하소서.

당신이 내 부족 사람들에게 가르쳐준 것들을

나 또한 알게 하시고

당신이 모든 나뭇잎, 모든 돌 틈에 감춰둔 교훈들을

나 또한 배우게 하소서.

내 형제들보다 더 위대해지기 위해서가 아니라

가장 큰 적인 내 자신과 싸울 수 있도록

내게 힘을 주소서.

나로 하여금 깨끗한 손, 똑바른 눈으로

언제라도 당신에게 갈 수 있도록 준비시켜주소서.

그래서 저 노을이 지듯이 내 목숨이 사라질 때

내 혼이 부끄럼 없이

당신에게 갈 수 있게 하소서.

교육대학에 다니는 한 학생을 만났다. 교육대학에 들어오면 취직이 거의 보장되기 때문에 학생들이 공부를 안 한다고 했다. 답답하다고 했다. 나는 놀라고 충격을 받았다. 교육대학 입학과 동시에 안정된 직장이 보장되는 이 무사태평한 안일주의가 교육계의 침체를 가져오고, 평생 보장된 교사라는 자리가 교육의 질적 변화를 가져오지 못하고 있는 현실이다. 학생을 가르치는 교사보다 관리직 교사를 중요시하는 교육 풍토는 더욱 문제다. 이는 아직도 우리 교육이 일제 잔재를 청산하지 못하고 경직된 관료주의에서 크게 벗어나지 못하고 있다는 증거다.

교사는 교육기술자가 아니다. 교사들에게 교육해야 할 것은 기능

면보다는 인문주의적인 면이다. 세상을 종합적으로 비판하고 판단할 줄 아는 교사를 길러야 한다. 교사 집단 말고 현실 정치에 이렇게 무관심하고 캄캄한 사람들이 또 어디 있는가. 급변하는 세계 정세와 우리 사회의 새로운 변화를 이토록 도외시하는 캄캄한 집단이 또 어디 있는가. 교과서와 새로운 기술만을 습득한 교육기술자들이 아이들 앞에 기계처럼 앉아 있다.

교사를 양성하는 교육대학 먼저 개혁해야 한다. 자기 밥통 챙기기와 출세주의로 꽁꽁 묶어두고 있는 이 답답한 교사 교육제도와 평가제도, 그리고 승진제도를 어떤 식으로든 개혁해야 우리 교육이 산다.

오늘 아침 조간신문 머리기사들.

"성적조작, 부정입학, 휘청대는 교육 현장. 도덕 불감증."
"교장 교감까지 내신 장사."
"수백만 원 받고 교사들에게 성적 조작 지시. 교사들 시험지 빼돌리고 답안 바꿔치기."

그 밑에는 또 이런 기사가 있다.

"입시 부정 죄송, 총장, 보직교수 사의."

그 밑에는 또 이런 기사가 있다.

"전학, 입학 비리 59명 입건."

위의 교장, 교감, 교사들, 그리고 총장과 보직교수들이 속으로 이런 말을 할지 모르겠다.

'에이, 재수 없게 나만 걸렸네.'

새벽에 문득 깼다. 이렇게 문득 깨어 달빛에 젖어 울 때도 있었다. 봄밤 달빛, 가을 달빛, 한겨울 새벽 달빛은 그 얼마나 나를 울렸던 가. 달빛을 받으며, 달빛을 밟으며 가만가만 강으로 가던 나와 내 그림자를 나는 지금도 기억한다. 흐르는 달빛에 나를 지우던 날들 을 지금도 또렷이 기억한다. 봄밤 문득 깨어 오래오래 듣던 소쩍새 소리도 마음만 먹으면 지금도 귓가에 울린다. 나는 그런 아름다운 서정의 깊이를 한몸에 받으며 살았다. 새벽 빗소리, 세상 끝에 가닿 을 것 같았던 새벽 물소리, 문을 열면 아득하던 안개와 안개 속에 장 엄하게 솟아 있던 산들.

오! 나는, 나는, 나는, 그, 그 새벽에……

아침에 진눈깨비 뿌리더니,
을씨년스럽다.

새 학기가 시작되었다. 교사 세 명과 교장, 교감이 바뀌었다. 1학년에 세 명이 입학하고, 나는 2학년 네 명을 맡았다. 선영이, 성현이, 유빈이, 채훈이다. 이것들이 어디 있다가 내게 왔을까.

이 아이들과 행복하게 지내야 한다. 그게 내 생 최고의 일이고, 최선을 다해 사는 방법이다. 내가 가는 길에 푸르고, 높고, 놀라운 사랑을 보여주어야 한다. 나는 아이들에게 때로 성스럽고 싶다.

나는 지금도 다듬어지지 않았다. 세련되고 여유 있게, 부드럽게, 마음을 평화롭고 따사롭게 다스려야 한다.

작년 아이들이 자꾸 눈에 밟힌다. 아침에 3학년 교실에 가서 한 번씩 이름을 불러주었다.

작년에 전학 간 예영이한테서 편지가 왔다. "선생님, 친구들한테 보고 싶다고 전해주세요"라는 구절을 읽으며 눈시울을 붉혔다.

올해 나의 다짐

- 아이들에게 작은 소리로 말하고 어떤 일이 있어도 화내지 말자.
- 난 너무 성질머리가 급하다. 한 박자씩 늦추어 생각하고 한 박자씩 늦추어 행동하자.
- 동료 간에 불화가 없도록 하자. 유연하고 부드럽게 대처하고 행동하자.
- 오후시간에 아이들을 위한 생각을 하자.
- 남을 먼저 생각하자. 작심한 대로 한다.
- 옳지 않으면 같이 안 간다.
- 하루에 한 쪽이라도 반드시 책을 읽는다.
- 반성한 것을 또다시 반성하는 반성의 반복은 안 된다.
- 부지런하자.
- 수업에 대한 생각을 하자.

3월 2일

올해도
새 얼굴들이
내 앞에 앉아 있습니다. 2학년이구요,
네 명입니다.

나를 바라보는 저 새까만 눈망울들, 새 세상이지요.

나는 그냥 이렇게 살래요.
살 만해요.
그래도,
이렇게 오래 살았잖아요.

그냥 살래요.
저 아이들이 나더러 지들이랑 그러래요.
그래서
그럴래요.
그냥.

약간 흐림

아침에 출근하니, 3학년이 된 아이들이 달려온다. 얼굴을 한 번씩 다 만져주었다. 종현이는 내 몸을 껴안았다.

작년에는 여덟 명이었는데, 올해는 네 명이니 교실이 더 조용하다. 아이들 소리가 나지 않는다. 아침에 교실 청소를 했다. 청소기로 먼지를 빨아들이고, 여기저기 정리를 했다. 교실에 먼지가 있거나, 조금만 어지러워져도 참지 못한다. 늘 새로운 눈으로 교실을 보아도 타성에 젖어버린다. 물건 하나하나를 세심하게 보고 제자리에 놓아주어야 한다.

오늘은 아이들이 활발하게 자기 생각을 발표했다. 아이들 생각을 구김 없이 말하도록 해야 한다. 주눅 들게 해서는 안 된다. 아이들 말문과 생각의 문을 활짝 열게 하자. 수업시간이 펄펄 살아 있어야 한다. 아이들 생각을 막힌 데 없이 천지 사방으로 열어나가야 한다. 세상은 끝이 없으므로.

맑음

아침에 출근하자마자 운동장가 벚나무에서 딱따구리가 나무를 쪼는 소리가 산천을 따르르 울린다. 정신이 번쩍 드는 경쾌한 울림이다. 봄이 오는 소리다. 봄이 왔다고 나무를 깨우고 세상을 깨우는 소리다. 작년에도 저 딱따구리 소리를 듣고 나는 하루 종일 기분이 들떠 있었다. 아이들과 함께 벚나무에서 나무를 쪼고 있는 딱따구리를 찾아 오래 바라본 적이 있다. 오늘도 나는 기분이 좋다.

딱따구리

오늘은 공부시간에 딱따구리 소리가 들렸다.

우리는 그 소리를 못 들었지만 선생님은 딱따구리 소리를 들으셨다.

우리들은 공부시간에 딱따구리를 찾으러 갔다.

딱따구리는 나무 위에 있었다.

딱따구리는 날아갔다.

딱따구리는 우리가 무섭나보다.

우리는 딱따구리가 안 무섭다.

지금 3학년이 된 현수의 일기다. 3학년 교실에 가서 현수랑 다른 아이들을 보고 왔다. 다들 조용히 공부를 하고 있다.

채훈이는 잘 운다. 문제를 풀다가 모르면 저 혼자 운다. 우는 버릇을 차츰 고쳐야겠다.

성현이가 아주 덤벙대고 까분다. 나무라면 입에다가 잔뜩 바람을 넣고 불퉁거린다. 바람 넣은 입 때문에 나한테 혼났다. 오후에 집에 갈 때 마음이 풀렸다.

유빈이가 수학 문제를 잘 푼다. 유빈이 발표할 때 큰 소리로 하게 하자. 선영이도 잘 푼다. 선영이는 겁이 많은 것 같다. 내 목소리를 낮추자.

해가 진다.

오늘은 나도 서산 너머로 지고 싶다.

거기, 산에 어둠이 내리고

사랑하는 사람이 산에 기대서서 나를

기다리고 있으리.

아침에 어디만큼 오는데, 어느 길 굽이를 도는데, 흰 꽃송이가 차 유리창으로 달려들었다. 어? 저게 뭐야? 눈이었다. 꽃송이 같은 눈송이였다. 봄눈이다. 학교에 오니 가만가만 오는 눈이 살포시 쌓인다. 기분 좋은 날이다. 근심과 걱정이 끊길 날 없는 삶에도 저런 평화 같은 눈은 있으리라. 선영이가 홀로 서서 창밖에 내리는 눈을 가만히 바라보고 앉아 있다. 평화다.

첫째 시간 끝난 후 또 눈이 온다. 천천히, 가만가만, 조심조심, 조용조용 온다. 함박눈이다. 나뭇가지에 얹히고 까만 나뭇가지 사이로 내린다. 아름답다. 곱다. 행복하다. 생이, 사는 일이, 즐겁다. 내 마음에 사랑의 물결이 인다. 평화다. 내 아이들과 내 아내와 내 앞

에 앉아 있는 이 작은 아이들에게 내 사랑이 눈송이처럼 가닿기를,
오! 눈을 봐라.

실가지마다 서리꽃이 아련히 피어났다.

마음이 무겁고 우울하다. 너무 많은 생각을 해서인가? 아이들이 바뀌고, 환경이 다소 바뀌어서인가? 생활이 조금만 바뀌어도 나는 아이들처럼 불안하다. 훌훌 털고, 다 털고 환하게 마음이 개야 하는데, 그래야 하는데. 마음이 자꾸 처지고 가라앉는다.

밖은 봄빛이네.

점심시간에 다은이, 은희랑 마주 앉아 밥을 먹었다. 다은이가 너무 정들어서 나를 우리 선생님이라고 한다며 웃는다. 나도 은희도 웃었다.

날씨가 풀렸다. 아이들이 봄볕 속으로 달려나간다. 까치들이 집을 짓고 수리하며 울어댄다.

성현이, 채훈이는 아직도 조금만 나무라면 금방 운다. 오늘도 운다고 나에게 혼났다. 알 수 없다. 울음을 그치게 해야 한다. 윽박지르지 말고 조용조용 수업하자. 오늘도 두 번 화냈다.

오후에는 날씨가 더 풀렸다. 강 건넛마을 뒷산 밭 흙빛이 다르다. 봄은 저렇게 시작되고 온다. 오지 않은 것처럼, 오는 것처럼, 또 그렇게.

흐림

일기를 쓰면서 날짜를 쓰면, 세월이 참 잘 가는구나 하는 생각이 든다. 참 세월이 잘도 간다. 새 학기가 되면 더 그렇다.

태극기가 봄바람에 펄럭이고, 그 태극기 아래 운동장에서 유치원 아이들이 선생님과 꼬리잡기 놀이를 한다. 참 아름다운 풍경이다. 동화 속 같다. 저 속은 천당이다. 하느님 나라가 따로 없다. 아이들이 까르르 웃는 소리가 바람결을 타고 흐른다.

흐리고 포근함

내가 근무하는 학교 앞강 건넛마을에 있는 강둑을 허물고 쌓는
단다.

우리 동네 오는 강길에 둑을 쌓는단다.

나는 잠이 안 온다.

잠이 들었다가도 포클레인 소리와 그 삽날과 개발업자들과 관리
들의 의뭉스러운 속셈에 정신이 퍼뜩 들어 일어나 서성거린다. 무
섭고 겁이 난다.

내 몸은 지금 아프다. 곳곳이 결리고 쑤신다. 때로 숨이 막혀오고
숨이 가빠져온다. 흙탕물 속 붕어처럼 나는 하늘로 주둥이를 내놓
고 숨이 모자라 헐떡거린다.

강을 파 뒤집고 둑을 쌓고 물길을 막아 돌린다.

강이 나다.

땅이 나다.

바람이 나다.

물이 나다.

내 몸은 지금 아프다, 가슴이. 가슴이 아파서 나는 잠 못 든다.

사람들이 병에 시달리고 차 사고로 죽어나간다.

중고등학교에 '일진회'라는 게 있단다. 공개 음란파티까지 연단다. 오! 이런! 나다. 너다. 우리다. 참담함에 나는 고개를 들 수가 없다. 어떻게 고개를 들고 어디를 바라보란 말인가. 모든 게 다 무너졌다.

강이, 땅이, 저렇게 죽어가고 병들어가는데 사람 마음인들 성할 리 없다. 어떤 의사도 치유할 수 없게 깊이 병들어 죽어가는 지구를 어떻게 할 것인가.

포클레인 삽날이 강과 산과 땅에 깊이 박힌다. 저 삽날이 내 몸에 깊이 박힌다. 내 몸은 헐리고 부서지고 망가지고……

오! 내 살 깊이 파고드는 삽날들아! 나는 아프다. 나는 피 흘린다. 결리고, 쑤시고, 때로 숨이 가쁘다. 나는 무섭다. 사람들이, 저 무지막지한 탐욕이, 저 오만이. 부서지고 허물어지고 죽어가는 산천을 보며 나랏일을 하는 사람들은 어디서 무슨 일을 하는가.

눈물이 난다.

우리는 제명대로 살지 못할 것이다.

아프다! 아프다! 다 아프다! 정말 나는 요즘 가슴이 아프다.

그래도, 그래도 운동장가 벚나무에서 까치는 집을 수리하느라 부산하다. 눈물이 난다.

나는 언젠가부터 시를 잃어버리고 살았다. 현실이 너무 아파서 나는, 나도 병들어간다.

비

자유를 물어오는 그대에게

세상에 존재하는 모든 것
내가 지금 하고 있는 짓
지금의 내 생각들을 있는 그대로 인정하는 것
―그것이 자유다.

눈이 오네! 이게 웬 눈?

창밖에 눈이 오고 있다. 봄눈이다. 바람 없이 잔잔하게 온다. 저렇게 잔잔하게 오는 눈을 바라보고 있으면 마음이 차분하게 가라앉는다. 땅으로 내린 작은 눈송이들은 흔적도 없이 사라진다. 내리는 눈송이를 가만가만 받아든 운동장가 벚나무 가지들이 금세 그림처럼 하얗게 팔을 뻗어간다.

가만가만 눈 내리는 모습이 하도 예뻐서 나 혼자 눈을 바라보다가 아이들을 창가로 불렀다. 아이들이 내 곁에 나란히 선다. 우리 반 아이들 네 명과 창가에 나란히 서서 내리는 눈을 바라본다.

"얘들아, 봐라! 왜 어떤 눈송이들은 쌓이고 어떤 눈송이들은 녹아버릴까?"

눈송이들이 산을 그리며 뿌옇게 내린다. 늘 먼저 나서는 유빈이가 엉뚱한 대답을 한다.

"어, 선생님, 까치들이 날아다니네요!"

하얀 눈이 날리는 나뭇가지 사이에서 작년에 지어놓은 집을 수리하느라 까치들이 부산하게 움직인다. 집수리에 바쁜 까치들이 학교 뜰을 돌아다니면 곧 봄이 온다. 조금 있으니 아이들 몇몇이 운동장에 뛰어나온다. 쉬는 시간이다. 아이들이 하늘에서 내리는 눈을 손으로 받고, 입으로 받으며 뛰어다닌다. 아이들 몸에 내리는 봄눈은 꽃이다. 아이들 목소리가 눈발처럼 학교 가득 울려 퍼진다.

강 건넛마을 뒷산 밭에도, 밭으로 가는 실낱같은 길에도 눈은 쌓이지 않는다. 감쪽같이 녹아버리는 눈송이들로 촉촉하게 젖은 땅 위에 벌써 파란 풀잎들이 돋아나 있고, 어떤 풀들은 꽃을 피웠다. 흰 눈 날리는 날 핀 풀꽃들은 눈이 시리다.

한 시간 수업을 하고 다시 창밖을 보니, 나뭇가지에 하얗게 쌓여 있던 눈이 거짓말같이 사라지고, 나뭇가지들이 촉촉하게 젖어 있다. 가지에도 물이 올랐는지 붉은색, 푸른색을 띠고 있다. 오! 물 오른 푸른 나뭇가지들! 꽃망울들이 부쩍 커졌다. 놀랍다. 우리가 사는 세상에 봄이 왔다. 꿈같이 왔다가 꿈같이 사라져버린 봄눈 속으로 봄이 또 왔다.

안개 가득 낌

섬진강이 흐르는 앞산 뒷산 계곡 사이에 안개가 가득 피어났다. 안개 속에 서 있는 나무들은 키가 커 보이고 산들은 우람하게 솟아 있다.

점심때쯤 안개가 활짝 개고 햇살이 곱게 쏟아진다. 어떤 아이들은 운동장 가득 환하게 쏟아지는 햇살 속에 앉아서 놀고 어떤 아이들은 이리저리 뛰어다니며 고함을 지른다. 아이들 고함 소리는 날아오르는 새처럼 하늘로 치솟는다. 산천엔 봄빛이 완연하다. 강 건넛마을 뒷산 여기저기 밭에 놓인 흙들이 있는 힘을 다해 봄빛을 받고 빛을 낸다. 환한 밭에 검은 거름이 드문드문 놓여 있다. 먼 데서 보는 저 거름 더미는 이 봄날 얼마나 정다운가.

학교 뒤에 있는 밭에는 농부 할아버지가 나와 이리저리 돌아다니신다. 농부의 투박한 발길에 차인 포슬포슬한 흙에 먼지가 풀풀 날린다. 먼지들이 햇살 속에 희뿌옇다. 밭두렁 풀들은 푸른빛으로 빛난다. 햇빛 속에서 자기 색을 찾아가는 풀들이 나날이 달라진다.

운동장을 걸어 가시는 할머니와 할아버지가 보인다. 학교 옆 마을에 사시는 저 농부 부부가 운동장을 왔다갔다하면 봄이다. 농부 할아버지는 이제 가을이 갈 때까지 굽은 등에 무언가를 짊어지고 집으로 밭으로 오가실 것이다. 오늘만 해도 벌써 서너 번은 오가신다.

햇살이 정말 좋아 밖으로 나간다. 운동장을 이리저리 걸어다닌다. 냉기가 가신 보드라운 흙의 촉감이 찌르르 전신을 타고 오르는 것 같다. 햇살이 등에 따사롭다. 햇살을 한 짐 짊어진다. 나도 나무들처럼 물이 올랐으면 좋겠다. 몸도 마음도 푸르러져 내 마음속에 숨어 있는 어떤 곳을 건드려 마음에도 탱탱한 꽃망울이 부풀고 새싹이 파릇파릇 돋아났으면 좋겠다.

화단 여기저기에는 이름만 들어도 다정한 꽃다지, 광대살이, 냉이, 원추리, 머위, 제비꽃, 양지꽃, 돌나물, 꽃마리, 토끼풀, 봄맞이, 미나리, 쑥이 수없이 돋아난다. 작년 풀은 노랗게 죽고 새 풀은 파랗다.

비 온 뒤에 갬, 집에 갈 무렵에 다시 흐림. 바람은 봄바람.
어디서 개구리 우는 봄, 맘껏 글을 쓰리라.

아침에 비가 뿌리더니, 오후에는 날씨가 활짝 개고 맑은 햇살이 쏟아진다.

학교에서 7500원을 받을 일이 있었다. 그저께 성현이가 나한테 8000원을 가지고 왔다. 잔돈 500원이 없어 내주지 못하다가 오늘 내주었는데, 성현이는 자꾸 자기가 8500원을 냈으니 천 원을 거슬러달라고 한다. 성현이에게 네가 낼 돈이 7500원이기 때문에 네가 8500원을 냈을 리가 없다고 논리적으로 자세히 설명을 해도 성현이는 끝내 마음을 풀지 않고 뚱한 얼굴이다. 때로 아이들에게는 이성과 논리가 통하지 않는다. 답답하기도 하고 우습기도 하다.

점심시간에 아이들과 수업시간에 배운 민들레를 찾으러 운동장가를 돌아다녔으나 찾지 못했다. 대신 작은 풀꽃들을 보았다. 개불알풀꽃이라는 꽃이다. 남색 꽃잎이 넉 장인 이 꽃은 이름이 좀 거시기하지만 풀꽃들 중에서 제일 일찍 핀다. 땅에 딱 붙어서 피는 이른 봄 풀꽃들은 자세히 들여다보지 않으면 보이지 않는다. 우리 반 아이들과 함께 빙 둘러앉아 꽃을 보고 있는데, 어디서 개구리 울음소리가 들린다.

"어?"

아이들과 나는 놀라서 우르르 달려갔다. 학교 뒤 작은 도랑에서 개구리들이 울고 있었다. 우리 발소리를 듣고 개구리가 울음을 뚝 그친다.

"쉿!"

모두 발소리를 죽였더니 금방 다시 운다. 오랜만에 듣는 개구리 울음소리가 맑다. 개구리 울음소리를 들은 김에 학교 뒤에 있는 밭가에 가본다. 비 맞아 촉촉하게 땅들이 보드랍다. 학교 뒤에서 바라보는 강변에도 봄빛이 무르익는다. 아이들과 나란히 서서 산과 들과 강, 마을에 오는 봄을 오래 바라본다. 버들가지가 피어나고 고기들은 깊은 물에서 풀려나오리라.

교실에 들어와서 아이들에게 책에 나온 민들레를 그리게 했다. 아이들은 푸른 하늘을 배경으로 샛노란 민들레꽃을 맘껏 피워 올린다. 태극기가 교실 유리창을 넘겨다보며 바람에 펄럭인다.

바람 불고 쌀쌀, 황사

흐드러지게 핀 섬진강 매화 때문에 신문과 방송마다 야단이다. 그러나 지금 섬진강이 어떻게 죽어가고 섬진강변이 어떻게 파괴되어가고 있는지, 섬진강 모래밭이 어떻게 순식간에 사라지고 있는지 보도하는 방송이나 신문은 없다. 강은 죽고 썩어가는데 언론은 매화 타령이 한창이다. 호기심만 유발하는 내용 없는 축제로 언제까지 국민들의 의식 수준을 저렇게 천박하고 유치한 수다 속에 가두어둘 것인가.

섬진강을 따라가며 나는 차라리 강에서 고개를 돌린다. 때로는 강가에 앉아 엉엉 울고 싶다. 정말 가슴이 아프고 쓰리다. 수천 년 수만 년을 때론 굽이치고 때론 부서지며, 스스로 아름다운 길을 만들어가며 흘렀던 강물의 길을 사람들이 뜯어고치고 있다. 섬진강에서 가장 유장함을 자랑하는 곳에 다리를 놓느라 강물 속에 박은 교각과, 곳곳에 시멘트로 쌓은 강둑들은 강물의 속도를 바꾸어버려 몇 년 사이에 모래밭이 사라지고 앙상한 돌들이 드러난다. 돈이 되는 곳이면 물불 안 가리고 개발에 혈안이 된 저 탐욕이 무섭다.

강 언덕을 보라. 그 순박한 산등성이들을 까부수고 허물어 집을 짓는다. 강의 모양과 강물의 흐름은 조금도 생각해주지 않는 축조물들이 흉물스럽게 곳곳에 들어서서 시정 넘치는 강변과 강물의 유장함을 죽였다.

도대체 이 나라는 어떤 나라인가. 아름다운 금수강산을 관리하겠다는 종합적인 계획이 서 있는가. 세상을 뜯어고칠 힘을 가진 자들은 도대체 무슨 생각으로 국토를 저렇게 무지막지하게 유린하는가. 모두 제정신인가. 보존할 곳을 보존하는 것이 아름다운 개발인 줄을 왜들 모르고 강물 곳곳을 저렇게 자기들 맘대로 허물고 쌓는가.

섬진강에 사는 모든 사람들에게, 섬진강을 구경하러 다니는 모든 사람들에게, 섬진강을 관리하는 모든 사람들에게 울면서 호소한다. 강물이 죽어가고 썩어간다. 달빛 아래 눈부시던 백사장이 사라지고 고기들이 강에서 떠나간다.

보아라, 인간들아! 강물이 죽고 썩으면 백 가지 꽃들이 다 무슨 소용인가. 누가 썩은 강물을 따라가며 꽃을 볼 것인가.

날이 화창

성현이가 학교에 안 왔다. 장염이란다. 며칠 전부터 밥을 시원찮게 먹더라니 배가 아파서 그랬나보다. 네 명 중 한 명만 안 와도 진도를 나갈 수 없다. 복습을 하거나 책을 읽어야 한다.

어떤 제도가 만들어지면 순기능보다 역기능이 기승을 부린다. 미숙한 사회에서 나타나는 현상이다. 무지한 인간들은 제도의 역기능을 무기 삼아 사리사욕을 채운다. "선무당이 사람 잡는다"는 말이 있다. 무식한 사람들이 부지런하면 세상이 시끄럽다. 그런 사람이 소신까지 있으면 정말 무섭다. 무식은 용납되지만 무지는 용납할 수 없다.

우리 어머니는 글씨를 모른다. 하지만 나는 한 번도 어머니가 무지하다는 생각을 해본 적이 없다. 어머니는 자연과 일에서 세상 이치를 배우신 분이다. 농부들이 다 그렇다. '경우 바르다'는 말이 있는데, 이 말은 우리 어머니들을 두고 한 말이다. 그분들은 평생 한 동네에 살면서 동네 사람들 사이에서 일어나는 갈등과 화해를 적절하게 조절하는 가운데 사람 도리를 알게 되었다. 그분들의 인격은 변하지 않는 인간성이 되었다.

그러던 사람들이 진정한 농사의 시대가 가고 모든 것이 돈으로 환산되는 경제제일주의 시대가 오면서 변해버렸다. 자신의 이해관계에 따라 얽히고설키며 돈만 되면 무엇이라도 내팽개쳐버리면서 날뛴다. 더군다나 지방자치제가 시행되면서 순전히 정치적인(?) 못된 작태들만 늘었다. 정치가 높은 도덕의 향기를 품어 도덕적으로 올바른 사회가 되도록 교육해야 하는데 치졸하고 천박하기 이를 데 없는 '정치 기술'은 순박한 사람들까지 정치적(?)으로 더럽히고 타락시켜버렸다.

아이들이 수학 문제를 풀고 있다. 책에 코를 박고 열심히 문제를 푸는 아이들의 까만 머리통이 예쁘다. 온 세상이 조용하다. 그때 아주 작은 새소리가 들린다. 가만히 들어본다. 그래, 저 새는 딱새 수놈이고 저 새는 딱새 암놈이다. 지금 우는 새는 박새고, 어, 멧새도 우네? 물새 울음소리도 들린다. 물새는 긴 꽁지를 까불거리면서 운다. 조금 있으면 먼 산에서 소쩍새도 울고 꾀꼬리도 울며 날겠지.

새소리의 느낌이 다르면 봄이다. 조금 있으니, 어라, 저 소리는 무슨 소린가? 딱따구리가 나무를 쪼는 소리 아닌가. 우와! 딱따구리가 또 왔구나. 작년에도 왔는데 고맙게도 올해도 왔구나. 운동장 가에 나란히 서 있는 벚나무에서 딱따구리를 찾았다. 오래된 고목에 딱따구리가 달라붙어 뱅뱅 돌면서 나무를 쫀다. 작년에 보았던 그 짙은 녹두색 딱따구리다.

수업을 멈추고 아이들에게 딱따구리 소리를 들어보라고 했다. 딱따구리가 나무를 쪼는 소리는 따르르따르르 산천을 경쾌하게 울린다.

"우와!"

놀라는 아이들에게 딱따구리를 보러 가자고 했더니 고함을 지르며 복도를 달려나간다. 주의를 주려는데 아이들은 이미 고함을 지르며 운동장으로 달려나가 나무를 쪼는 딱따구리 쪽으로 다가갔다. 아이들 고함 소리에 놀란 딱따구리는 학교 뒷산으로 날아가버렸다. 아이들이 멍하니 서서 날아가는 새를 본다.

나무 밑에 서서 학교 옆 동네를 내려다보았다. 코앞에 있는 집 텃밭에 마늘이 파랗게 자라나 있다. 마늘을 보러 마을로 내려간다. 끝이 노랗게 탄 마늘은 벌써 아이 새끼손가락 길이만큼 자라 있다. 마늘밭 옆에선 머리에 하얀 수건을 쓴 할머니가 토란을 심고 계셨다. 여기저기 빈집 마당에는 풀들이 가득 돋아나 있고, 감나무 밑에는 노란 복수초가 활짝 피었다. 비닐하우스에는 고추, 오이, 가지 모종이 파랗다. 작은 돌멩이를 제치고 나오는 새싹들이 대견하다.

마을 뒤로 올라간다. 마을과 강과 들이 내려다보이는 곳에 앉아 그저 물끄러미 바라본다. 세상천지에 봄볕이 무르익는다. 풀과 나

무와 새와 빈집과 개집에도, 할머니 등에도, 죽은 나뭇가지에도 봄
이 골고루 평등하게 찾아왔다. 날개에 봄볕을 싣고 새들이 푸른 하
늘을 날아간다.

눈이 왔다. 눈이 산에 많이 왔다. 산에 눈꽃이 하얗게 피었다. 온 산천이 다 눈꽃이다. 눈을 짊어지고 있는 나무 몸통들이 예쁘다. 피어나던 꽃들이 놀라서 얼른 꽃잎을 닫아버리겠다. 학교에 오니, 산에 눈이 더 많이 쌓였다. 이렇게 봄이 오는 길목에서 눈이 오면 여러 가지 생각이 난다.

봄비가 오고 나면 세상이 수선스럽다. 강 건넛마을에 꽃이 나타났다. 산수유꽃이다. 매화도 환하게 피어난다. 밭에 거름들이 나와 있고, 비탈길로 경운기가 탈탈거리며 오르내린다. 평생을 저렇게 강 건너 밭을 보며 살았다.

천지간에 꽃들이 활짝 피어난다. 매화, 진달래, 산수유, 개나리,
살구꽃……

아직도 촌지 문제가 간간이 사회문제로 떠오른다. 금방 떠올랐다
가 금방 사라지지만 가장 민감한 문제이기도 하고 사회적인 관심이
집중되는 문제이기도 하다.

언젠가 교육현장에서 촌지가 사라지지 않고선 우리 사회와 교육
이 바로 서 있을 수 없다는 글을 쓴 적이 있다. 자기 자식만 잘 봐달
라고 부탁하는 검은 손과 못된 심보, 그 돈을 받고 양심을 팔아버
린 교사의 더러운 손길이 우리 사회에 존재하는 한, 사과나무를 심

어놓고 그 사과나무에서 라면이 열리기를 바라는 것과 같다는 말을 했다. 지금부터 십몇 년 전 일이다. 그런데도 아직 그 문제가 고스란히 남아 우리를 괴롭힌다. 심히 부끄럽다.

촌지란 간단하게 말하면 교사를 부당하게 압력하는 도구다. 앞으로도 계속 주고받겠다는 속셈으로 주는 돈 받아놓고 안 받은 척 배짱이다. 아무리 줘도 안 받으면 된다고? 주지 않으면 누가 받겠느냐고? 주는 사람과 받는 사람, 둘 중 누가 더 나쁘냐는 이 질문에 굳이 대답해야 한다면 나는 받는 사람, 즉 선생이 더 나쁘다고 생각한다. 사회에서 횡행하는 뇌물이 신성해야 할 학교사회까지 번져 장구한 수명을 이어오고 있다. 촌지를 받은 선생이 가벼운 징계만 받고 다시 아이들 앞에 선다. 이 무슨 해괴하고 망측한 짓거리인가. 우리 사회는 아직 멀었다.

촌지도 촌지지만 녹색어머니회라는 이상한 학부형 조직은 지금도 이해할 수 없다. 학부형들과 선생들과 학교 관리자들 간의 이 지극히 정상적이지 못한 관계는 당연히 지저분할 수밖에 없고, 모든 문제가 여기서 발생한다. 옛날에는 지금과 다른 이름이었는데 말썽을 일으킬 때마다 이름만 바뀔 뿐 늘 건재한 걸로 알고 있다. '알고 있다'라고 말하는 이유는 그 어머니회가 내가 근무하는 학교에는 거의 존재하지 않았기 때문이다. 설령 그런 조직이 있더라도 유명무실했기 때문이다.

반장이나 회장의 어머니를 불러 학급 청소를 시키는 이유는 도대체 무엇인가. 심지어 날마다 학교에 오는 어머니를 보기도 했다. 학부형이 학교에 가서 아이들을 지도하고 청소를 하는 나라. 내 짧은 생각과 상상력으로는 절대 이해할 수 없는 풍경이다. 청소하러 못 가는 어머니와 아이는 어찌해야 하며, 돈봉투를 못 주는 부모와 자식은 어찌해야 하는가.

도시의 큰 고등학교에서 반장이 되면 한 달에 한 번씩 회식을 시켜주어야 하는데 돈이 100만 원씩이나 든단다. 밥 먹으면 노래방 가야 하고 그후엔 따로 담임에게 금일봉을 건넨다는 말을 들은 적이 있다. 나는 이 말이 거짓말이기를 바라고 지금은 그런 일이 절대 없기를 바란다. 반장도 반장이지만 초등학교에서 전교어린이회장이 되면 당선금이 얼마라는 말은 이제 아무렇지도 않은 상식이 되었다.

강남 어느 초등학교의 한 어린이가 학기 초에 난 화분을 하나 가지고 왔단다. 저학년 교실에서 온전히 보존될 리가 없다. 화분은 아이들 장난에 못 이겨 박살이 나고 말았다. 그런데 이튿날 그 학생이 똑같은 난 화분을 하나 사들고 왔다. 이게 얼마짜린데 또 사왔느냐고 하니까 200만 원이라고 아무렇지도 않게 말을 하더란다. 실화다.

강남의 어떤 선생이 소형차를 타고 다니니까 학부형들이 금방 좋은 차를 사주었다는 전설 같은 이야기를 들으며 나는 웃었다. 그럴

리가 있겠는가. 과장되었거나 웃자고 하는 얘기거나 돈 없는 사람들이 배 아파서 하는 이야기일 거라고 굳게 믿는다.

촌지를 주고받는 교사와 학부형. 그런 못된 일 저지르는 사람들은 극히 일부이니 싸잡아 욕하지 말라고들 한다. 그러나 그렇게 지저분한 일은 단 한 건이라도 있어서는 안 된다. 자신이 그 일부에 속하지 않는다고 뒷짐 지고 있지 마라. 촌지 문제는 우리 모두의 일이다.

일진회를 두둔하거나 동조할 마음은 눈곱만큼도 없다. 그러나 그들이 이렇게 대들면 무어라 답해야 하나?

"부모님과 선생님들은 우리보다 더 지저분하잖아요? 말해보세요. 있는 집 아이들, 공부 잘하는 아이들 빼놓고 언제 인간 대접해준 적이 있나요?"

우리가 알 수 없는 일들이, 아니 감히 짐작도 못할 일들이 얼마나 많이 일어나겠는가. 그런 일들이 모두 음습한 곳에 서식하는 박테리아들처럼 어두운 곳에 수없이 알을 까고 새끼를 친다.

국가인권위원회에서 학교에서 선생님이 하는 일기장 검사가 인권 침해 소지가 있으니, 일기장 검사를 하지 말라고 권고했다. 진지하게 생각해볼 필요가 있는 문제다. 일기장 검사에는 긍정적인 면도 없지 않다. 우선 일기를 통해 아이들의 심정과 성격을 어느 정도 파악할 수 있고 친구들 사이와 가정에서 일어나는 일들을 비교적

소상하게 파악할 수 있으니 생활을 지도하는 데 도움이 된다. 여기 이의를 제기할 교사는 아무도 없다. 생활지도에 매우 중요한 자료가 될 수 있다는 말이다.

그러나 일기를 단순히 하루의 반성문으로 착각하는 선생님들이 대부분이다. 잘못된 지도가 아닐 수 없다. 반성문이나 선행기록장을 검토하듯이 일기를 검사하는 것도 문제다. 검사했음을 표시하려고 선생님들이 대충 쓰는 지도조언이 대개 "참 착한 일을 했군요, 더욱 노력하세요"라든가 "친구들과 싸우면 안 되죠. 사이좋게 지내세요" 등 아이들에게 은연중 압력을 가하다보니 아이들이 칭찬을 받으려고 일기를 꾸며 쓰거나 과장되게 기록할 수도 있다. 아직 인격이 성숙하지 않아 사리를 분별할 줄 모르는 어린이들이다. 자칫하면 자신을 속이는 것이 버릇이 되거나 습관이 될 수도 있다.

국가인권위원회의 아래와 같은 지적을 교사들이 진지하게 생각해볼 필요가 있다고 본다. 국가인권위원회는 일기 검사를 통해 사생활 내용이 외부에 공개될 것으로 예상해 자유로운 사적 활동 영위를 방해받거나, 교사의 검사를 염두에 두고 일기를 작성해 아동의 양심 형성에 교사가 실질적으로 관여하게 될 우려가 크며, 아동 스스로 검사와 평가를 염두에 두고 솔직한 서술을 억제할 가능성이 많다고 지적했다.

천지 사방에 꽃이 피어난다. 순서도 없다. 마구 피어난다. 난리다. 난장판이다. 우리가 사는 모습하고 똑같다. 무질서다. 매화 피고, 산수유와 산동백 피고 나면 목련꽃 먼저 피고, 개나리 피고, 진달래 피어나면 조팝나무꽃과 살구꽃, 벚꽃 피어나고, 산벚꽃과 산복숭아꽃 피어나면 배꽃 피고, 사과나무꽃 피고…… 때로 앞서거니 뒤서거니, 때로 "자네 먼저 피게" "자네가 필 차례일세" 양보하며, 권커니 잣거니 아름답게 차근차근 피어나 세상을 천천히 물들였는데, 이게 무슨 일인가 느티나무 잎들이 먼저 핀다. 놀랍다.

교장선생님은 하루 종일 일을 하신다. 꽃 심고 채소 심고, 학교

구석구석 쓰레기를 다 줍는다. 농사를 짓고 사신 분이라 온종일 장갑 끼고 일을 하신다. 운동복 입고 흰 모자 쓰고 부지런히 일하는 성실한 모습이 아이들에게 아름답게 비치리라.

일부 개신교 종교 지도자들이 잘못을 회개했다는 기사를 보았다. 오늘 반성을 제대로 했는지 못했는지는 두고 볼 일이다. 나는 평소에 도시의 밤하늘에 떠 있는 붉은 십자가들과 엄청나게 큰 교회당들을 보며, 그들이 하느님 말씀과는 정반대로 사는 것 같다는 생각을 해왔다. 제발 하느님 말씀대로 살라고 악을 쓰며 권하고 싶었다.

일부 종교인들의 지나치게 보수적이고, 배타적이고, 독선적이고, 기복적이고, 터무니없이 비이성적이고, 자기 교회만 제일로 삼으면서 모든 것을 하느님 뜻으로 돌리는 비상식적이고 어처구니없이 의타적인 태도를 보면 기가 질린다.

타락한 학문처럼, 타락한 지성처럼 종교가 타락하니 도덕이 땅에 내팽개쳐지고 우리는 양심 불감증에 걸려버렸다. 불의가 정의를 이기고, 무지가 지성을 이기고, 양심이 악랄한 수심獸心한테 진다. 그리하여 사회악이 각계각층에 독버섯처럼 창궐한다.

인간보다 중요한 종교는 허구다. 하느님과 부처님을 핑계 삼아 사람을 무시하지 마라. 이 세상 어떤 제도나 과학, 예술도, 어떤 종교도 사람이 없으면 아무 소용이 없다. 사람에게 무책임한 종교적이기주의가 우리 사회에 이기심을 조장한다. 자기 교회 사람들만 형제자매가 아니다. 세상 만인이 하느님 앞에 다 형제임을 알아야 한다. 종교의 책임이 크다는 걸 알아야 한다.

하느님 말씀으로 살아야 할 하느님의 아들들이 이처럼 타락하여 교회를 사업으로 생각하고 인류의 하느님을 자기들만의 하느님으로 독차지하려 든다. 바로 이 무지가 우리 사회를 병들게 한다.

하느님 말씀이 이 땅에 푸른 생명으로 되살아나게 하고, 정의가 강물처럼 흐르게 하라. 하느님 말씀이 평화와 사랑으로 봄햇살처럼 널리 퍼지게 하라. 나라마다 동네마다 집집마다 사람들 얼굴마다 하느님 말씀이 꽃피게 하라.

다시 말한다.

하느님 말씀을 더럽히지 마라.

획 하나 받침 하나 틀리게 하지 마라.

하느님을 울리지 마라.

아이들과 유쾌하고 재미있게 보냈다. 어린 생명들에게 정다운 선생님이 되자.

운동장가 오래된 벚나무에도 꽃이 피어난다. 내가 이 학교에 처음 들어왔을 때 저 나무는 젊었다. 그때 꽃구름처럼 피어나던 꽃들이 오늘도 피어난다. 유치원 놀이터에 있는 커다란 살구나무도 꽃을 피운다. 나이가 들어 이제 꽃이 드문드문 핀다. 오래된 나무에서 피는 몇 송이 꽃들은 고졸하고 소담스럽고 빛이 더욱 아름다워 고색창연해 보인다. 사람도 저래야 한다. 나이 먹을수록 드문드문 아름다운 꽃을 피워야 한다. 사는 자세가 저렇게 빛나야 한다. 선생의 자세도 나이 먹어갈수록 저러해야 하리라.

교사는 훌륭한 시인이어야 하고, 시인은 세상의 스승이어야 한다. 천박하고 참을 수 없이 가벼운 정신 풍토에서 오랜 세월 자기가

태어나 자란 곳에서 살며, 나이 들어 저렇듯 고졸하게 나는 살고 싶
었다. 나도 저렇게 나무처럼 살고 싶었다.

아이들 같은 마음이 되어야 한다. 많은 반성을 한다. 아이들에게 했던 내 잘못, 성급함, 조급함, 앞뒤 생각지 않고 나무라고 따지는 버릇을 고쳐야 한다. 평상심으로 아이들을 편안하게 대해야 한다.

오늘은 아이들과 잘 지냈다. 성심으로 성실하게 아이들 앞에 서야 한다. 나 자신에게 진정 부끄러움이 없어야 한다. 잘못을 하면 나의 잘못을 스스로에게 시인해야 한다. 마음이 편해야 한다. 양심과 상식에 비추어 스스로에게 부끄럽지 않고 떳떳해야 한다.

교육은 사람들에게 지식을 전달하기보다는 인간의 향기를 전해 주어야 한다. 가장 중요한 것은 늘 그렇듯이 자신에게 부끄러움이 없는 것. 한 번 잘못한 것을 다시 반복하지 말아야 한다.

선생이 선생님인 것은, 사람들이 선생님이라고 부르며 어려워하고 존경하는 것은, 선생이 인간을 가르치기 때문이다. 인간을 '가르친다'는 것은 자기 인격을 바로 세워가는 인격자만이 할 수 있는 일이다. 자신의 잘못이 사람에게 가닿고, 사람을 아프게 하고, 따라서 자기 자신을 아프게 하기 때문이다. 선생은 자기 잘못을 늘 반성하고 자기를 아이들 앞에 바로 세우려 노력할 때만 선생이다. 그러한 노력을 하면서 다른 사람에게 자극받기에 선생은 위대한 인격자가 되어간다.

특히 어린이들 앞에서 자기를 큰사람으로 키워가려는 노력은 끊임이 없어야 한다. 추호도 거짓이 없어야 한다. 추호도 자기 자신을 속여서는 안 된다. 하늘을 우러러 한 점 부끄러움이 없어야 하는 삶이 초등학교 선생의 삶이다. 양심과 인간으로서의 정직함을 털끝만큼도 잃어서는 안 된다. 투명하고 티끌 하나 없는 하늘처럼 맑고 높아야 한다.

인간을 다시 생각한다. 선생을 다시 생각한다. 시인을 다시 생각한다. 세상을 다시 생각한다. 사랑을, 세상에 대한 깊고 깊은 애정을 다시 생각한다.

세상 끝까지 부드러운 사람이 되어라. 풀잎처럼 부드러운 심성을 갈고닦아라. 성스러움은 인간으로 바로 서는 일이다. 마음속 욕심을 버리는 일이다.

나는 오랜 세월 근거 없는 모함과 터무니없는 비판을 들으며 살아왔다. 어처구니없는 소문들이 나를 괴롭혔다. 소문과 짐작만으로 음해하는 사람들에게 나는 한 번도 변명하지 않았고, 그들을 설득하려 들지도 않았다.

세상에는 남의 말만 듣고 사람을 난도질하는 인간들이 너무 많다. 시를 쓴다는 사람, 교육을 한다는 사람들이 더 그랬다. 내 말은 한마디도 듣지 않고 함부로 지껄이고 다니는 반지성적 지식인들이 너무나 많았고, 그들은 또 자기네들끼리 패거리를 만들었다.

그런 일을 당한 사람은 나뿐이 아닐 것이다. 배웠다는 지식인들이 그러할진대 약하고 힘없는 사람들은 얼마나 많은 상처를 받고 힘들어하며 살아가는가.

나는 가치가 없으면 고민도 하지 않으려 했다. 유신 시대와 군부 독재 시대, 교장의 말을 듣지 않는다고 나는 늘 매도당했다. 내가 왜 교장 말을 들어야 하는가. 나는 누구 말이든 옳으면 순순히 듣는다. 나는 누구 말이든 싫으면 듣지 않는다. 그게 내 삶의 태도였다. 지금도 나는 그렇게 산다. 지금도 김용택하고 같이 근무하니 힘들겠다고 서로 묻고 답하는 치졸한 인간들 틈에 산다. 물론 나의 인간적인 한계도 있으리라. 그러나 나는 적어도 남의 말만 듣고 칼을 들진 않았다. 그 터무니없는 말을 누가 했느냐고 물으면 아무도 누구라고 답하지 못한다. 우린 세상 속에서 아무것도 아닌 것으로 그 얼마나 괴롭힘을 당하고 사는가. 남의 말만 듣고 사람을 난도질하는 인간들 속에서 말이다. 그들이 보면 배가 아프겠지만 나는 아직도 이렇게 성하다.

무엇이, 아쉽게 늙지 마라.

아이들이 글쓰기를 했다.

1학년 양지현이 화사한 벚꽃 그늘에 앉아 제목 없이 글을 썼다.

벚꽃이 참 예쁩니다.
벚꽃을 보면 이모 생각이 납니다.

희고 고운 벚꽃이 내 마음에 환하게 피어 눈이 부시다. 지현이 이모는 아직 결혼을 하지 않았고 미국에 갔다.

나에게는 이모가 없다.

날씨 화창하고 해 맑은데, 오동꽃이 피었다.

이 세상 모든 나무가 아름다운 잎을 피운다. 찬란하고 눈이 부시다. 저 아름다운 봄 산천에 새들이 운다.

우리 아이들이 죽어간다. '입시지옥'이 만들어내는 '한 줄 세우기 경쟁'의 중압감에 못 이겨 멀쩡한 청춘들이 스스로 목숨을 끊는다. 저렇듯 산천은 아름답고 눈이 부신데 시퍼런 청춘들이 죽어간다. 무섭다. 불안하다. 아이들의 몸과 마음이 폭발해버릴지도 모른다.

아이들이 죽어간다.
아이들이 죽어간다.

아이들이 죽어간다.

아이들이 죽어간다.

죽어간다 아이들이.

버스를 기다리는데 정거장 벽에 공연 포스터가 붙어 있다. 가수들 얼굴이 나와 있어 자세히 보니, 어느 대학축제 때 가수 세 명을 초빙한다는 내용과 미스 대학을 뽑는다는 내용이었다. 다른 행사도 있는지는 모르겠지만 언제부터 이 나라가 대학축제 때 가수를 불러 공연을 하게 되었는지 한심하기 이를 데 없다. 게다가 이런 포스터를 이렇게 많은 사람들이 보는 곳에 붙인 이유는 또 뭔가.

대학문화가 우리 사회의 문화를 이끌어가야 하는데, 대학이 앞장서서 축제문화를 타락시키고 저질화한다. 학문의 전당을 저 지경으로 만들고도 우리가 잘 살 수 있을지 모르겠다. 총장들이 나서서 샐

러리맨 흉내를 내는 것을 자랑으로 생각한다. 오로지 예산 타령만 하는 우리 대학과 문화사업 주체들의 행태가 심히 걱정스럽다.

김용택 선생님께

느닷없는 글에 의아하실 것 같네요.

안녕하십니까? 민세 모교에 있는 배수홍입니다.

광고를 보고 선생님 편지 모음책이 나온 것은 진작 알고 있었

는데, 정작 오늘에야 손에 넣어 읽게 되었습니다.

글에 다뤄진 이야기들이 전후 사정을 알고 있는 것들이고

무엇보다 글을 주고받은 부자 모두를 제가 알고 있는 터라

한 줄 한 줄, 한 장 한 장 읽어나가면서

아하! 이때 무슨 일이 있었겠구나,

아하! 요맘때 민세 녀석이 머리는 어땠고, 생활은 어땠지 하며
정말 순식간에 읽어내려갔습니다.

잘 보았습니다.

아직 어리지만 딸내미 하나 키우고 있는 저에게도
부모교육론 교과서 한 권 생긴 셈입니다.

한 보름 전쯤에 덕치학교, 진메 마을, 장구목, 대강, 곡성을 죽 거치면서 2005학년도 1학년 자연체험학습 답사를 다녀왔더랬습니다.

학교에 들러 선생님 뵙고 인사드리고 가자고들 했는데,

수업을 방해할 것 같아 저희 일정대로만 진행했습니다.

1학년들이 해마다 하는 지리산 종주는 2학기 가을께 하기로 하고, 1학기에는 '국토순례'라는 주제로 섬진강을 따라 걷기로 했습니다.

2박 3일간 흙에, 신록에, 강물에, 역사에, 벗들에 흠뻑 빠지기에 섬진강만한 데가 또 있을까 싶습니다.

덕치학교를 출발해서 3박 4일 동안 곡성 압록까지 걷습니다.

먼 곳에 가 있는 민세 생각에 이제나저제나 노심초사하시고
그리워하실 생각에 저까지 마음이 떨립니다.

녀석, 워낙 붙임성도 있고, 경우 바르고, 고집도 있으니
어디서 무엇을 하더라도

꼭 성과를 내고야 말 것입니다.

거기서도 머리 물들이고 공 차고 있을는지, 하하하~

지난달인가, 제가 직권면직당한 소식을 알고서는 전화를 걸어

왔더군요 교무실로.

뒤뜰이나 기숙사에서 걸어온 전화처럼

반갑고 고마웠습니다.

아무래도 물설고 낯선 곳이니만치 힘이 안 들 수야 없지만,

'한빛 정신'으로 생활하고 있다고 너스레를 떨더군요.

어서 학교에 가야 할 텐데, 자기가 학교를 비웠더니

또 사달이 나고 있다면서

한층 굵어진 영감님 목소리로

농담에, 어리광에 한참을 통화했습니다.

선생님께 자랑스러운 아들이듯

저에게도, 한빛으로서도 자랑스럽고 대견한 아들입니다.

저는 3학년 통일생태기행을 따라 철원과 강화로 가기 때문에

덕치학교에서는 뵙지 못하겠군요.

찾아뵐 민세 후배들에게 좋은 말씀 많이 들려주시기 바랍니다.

이만 줄이겠습니다.

안녕히 계십시오.

선생님 편지 받고 울었다. 답장 쓰며 또 울먹였다. 요즘은 조그마한 일에도 곧잘 감동하고 눈시울이 뜨거워진다. 하도 뭣 같은 세상이라 그렇다. 진정성이나 진지함이 보이지 않고 사기꾼들만 판을 친다. 그래도 나는 기다리련다. 한 송이 풀꽃 같은 참마음이 세상에는 있으니까.

한빛고만 생각하면 눈물이 난다. 그곳엔 사람들이 있고, 진실이 있기 때문이리라. 진실에 목이 마른 우리 가족들이 아닌가. 진실과 정직이 통하는 그곳이 우리 가족의 고향 같아서이리라.

사람이 그리운 시절이다. 사람에게 목이 마른 시절이다. 우리는 왜 사는가. 사람은 무엇으로 사는가. 무엇으로 우리 존재를 확인할 수 있을까.

공사 현장에서 돌 쪼는 소리가 들려오지 않는다. 현장에 가보았더니, 어제까지 강바닥에서 긁어모은 돌들을 다시 깔고 있다.

남원 시청에 강연하러 갔다. 대상은 섬진강 수질 보호를 위한 섬진강 권역 환경담당관들이었다.

맑음, 보라색 오동꽃도 진다. 봄날은 갔다.

면장을 만나고 오다.

우연히 내 시집 『나무』를 읽다. 오래오래 읽다. 이 시집은 내게 감동적이다.

어제오늘은 살아도 산 것 같지 않다. 잠을 자도 잔 것 같지 않고 밥을 먹어도 먹은 것 같지 않다. 내가 보는 앞에서, 아이들이 보는 내 앞에서 강이 저렇게 파괴되는데도 나는 가르치고 밥을 먹는다. 아무렇지 않게 잘도 산다. 교과서는 환경을 보존하고 강을 살리라고 가르친다. 학교에서는 옳고 그름을 가르치고 배운다. 그러면서 강이 우리 앞에서 저렇게 파괴되는데도 그 누구도 잘못하고 있다고 말하지 않는다.

우리는 정말 누구인가. 진실과 정직을 이렇게 내팽개친 시대도 없을 것이다. 이건 치욕이다. 나는 진실만을 말하고 정의롭게 살아야 하는, 시를 쓰는 사람이다. 게다가 나는 초등학교 교사다.

고향 사람들과 그들을 둘러싼 이해관계를 보면 겁나게 괴롭고도 괴롭다. 절망이 휩쓴다. 가슴이 저리고 쓰려온다. 답답해져 시커멓게 탄다. 걸레처럼 부서지고 더럽혀지는 고향에 사는 건 치욕이다.

한 시인이 평생을 바쳐서 사랑하는 강을, 그 시인 앞에서 처참하게 유린하는 나라는 나라가 아니다. 이건 야만이다. 이런 후안무치하고 파렴치한 나라가 또 어디 있는가. 시를, 시인을 죽이는 나라는 나라가 아니다.

이 땅의 건설업자들과 관리들이, 언론들이, 정치인들이, 지식인들이 얼마나 더러워져 있는지, 얼마나 비겁하고 치사한지, 얼마나 교묘한 수단과 방법으로 자기 안위에 도움이 되는 일들을 도모하는지 나는 모른다. 모르므로 나는 단순해져야 한다. 어떤 일이 있어도 떳떳함과 진실함을 잃어서는 안 된다. 그런 것들은 다 단순하다. 담백함과 단순함이 세상을 이긴다. 이길 수 없더라도 나는 끝내, 마침내 이겨 있을 것이다. 내 죽음 위에 진실의 풀꽃 한 송이를 놓아줄 사람 하나 있으면 된다. 오래 후에 나는 승리자가 되어 있을 것이다. 이기지 않으려면 무엇 하러 싸우겠는가.

　내겐 하늘이 있다. 풀들이 있고, 흐르는 강물이 있고, 나무들이 있고, 세상을 살리는 바람이 있고, 내가 사랑하는 풀꽃들이 있다. 온몸과 마음을 다해 나를 안아주는 여인이 있다. 내가 오래오래 쉴 수 있는 휴식처가 되는 사람이 있다. 푸른 숨소리처럼 나를 사랑하는 사람들이 있다. 내겐 평화와 자유가 있다. 내 발을 내려놓을 곳이 없더라도 이슬들은 세상에 반짝이고 있을 것이다.

　이 우울함에서 벗어나고 싶다. 활짝 개고 싶다. 산이 그러하지 않으냐?

　시골집에서 잤다. 밤새들이 울고 나는 걱정과 근심으로 잠 못 든다. 무엇이든 진정으로 생각하라. 깊은 밤 어둠을 뚫고 강물이 흘러가는구나.

　대한민국 모든 지식인들과 지성에 호소한다. 생태와 자연과 인간에 대해 아름답기만 한, 곱기만 한 말과 글로 떠들지 마라. 우리 곁에서 저렇게 자연이 파괴되고 강이 죽어가는데 어디다 대고 무슨 소리를 하는가. 그렇게 행동 없이 이론만 펼치는 사이 우리 곁의 자연은 죽어간다. 하천 하나 살리지 못하면서 무슨 이론들이 이리 장황한가. 강이 죽어가면서 흐른다.

아침 새소리에 잠을 깨다. 세상에 온통 새소리가 가득하구나. 내가 새소리 속에 자고 있었구나. 새들은 부지런도 하지.

아침에 한수 형님이 생강 심는 밭가에 서서 오래오래 한가하게 놀다.

내일이 스승의 날이라고 유빈이가 작은 꽃다발을 가지고 왔다. 눈이 시리다. 성현이도 편지와 함께 화장품을 선물로 가지고 왔다. 고맙게 받았다.

무주 강연 갔다가 함양 갔다가 구례에 갔다. 연곡사에서 잤다.

거창에 가서 강연하다.

도상이와 같이 다니며 많은 이야기를 했다. 나는 서울, 그리고 서울 문단에서 일어나는 일들을 잘 모른다. 더군다나 시인들이나 소설가들도 모른다. 모른다는 것은 그들의 인간됨이나 문학과 세상에 대한 견해를 잘 모른다는 말이다. 살다보면 자기가 쓴 글과 영판 다른 사람들을 많이 보게 된다. 글판에서 일어나는 온갖 일이나 사람에 대해 나는 한 번도 이야기해본 적이 없다. 나는 한쪽 이야기만을 듣고, 또는 다른 사람 이야기를 듣고 이야기 대상에 오른 사람을 절대 판단하지 않는다. 이건 상식이다.

문학과 예술 관련 대중행사가 부쩍 늘었다. 문인들이 대중에게 문학과 예술을 널리 보급하고, 문학의 향기를 공유하려는 태도는 필요하다. 그 행사가 문학답고 예술다워야 함은 물론이다. 도가 지나치거나 격이 떨어지지 않도록 늘 점검해야 한다. 격조를 헤아려야 한다. 문학 행사가 지역 축제 콩쿠르 수준이라면 큰일 아닌가.

지역 문인들이 행사에 쏟는 열정이 문학의 질을 향상시키고, 문학을 대중과 함께 향유한다면 좋겠지만 대중을 위한 행사가 너무 잦아서는 안 된다고 생각한다. 그런 행사를 관리하고 집행하는 전문 집단을 두어도 좋겠다. 글을 쓰는 일보다 이벤트나 축제 행사에 신경을 쓰는 문인들이 많아져서 하는 말이다.

광주민주화항쟁이 일어난 지 벌써 25년이 되었다. 그때 눈부시던 5월 산천의 햇살이 생각난다. 아직도 그때 죄악을 저지른 자들이 고개를 빳빳하게 쳐들고 뻔뻔하게 세상을 활보한다. 아니 그들의 가슴에는 진압의 훈장이 빛나고 있다. 이런 나라는 없다. 이렇게 개판인 나라가 어디 있는가.

역사를 보아도 죄지은 자들이 세상을 활보하는 나라는 망하는 나라다. 죄를 지은 자들이 국회의원이 되고, 나라의 관리가 되고, 돈을 벌어 국민들 위에 군림하고, 아무렇지도 않게 사는 나라는 망할 나라다. 시궁창 같은 더러운 혼돈 속에 우리는 빠져 산다.

작년에 지은 강당인데 어제 내린 적은 양의 비에 빗물이 새어 강당 바닥에 물이 흥건히 괴었다. 지붕이 날아가고, 벽이란 벽마다 금이 쩍쩍 갔다. 부실 공사다. 세상에, 도둑들의 천국이다. 몇 달도 되지 않았는데, 빗물이 새고 벽에 저렇게나 많은 금이 가다니! 감독 관청은 무얼 하기에 저런 건축물을 허가하는가. 묵과할 수 없다. 세상이 도둑놈들 천지다. 나라 세금으로 지은 학교 강당이 저렇게 되어버리다니! 이건 모독이다!

아침에 아이들더러 빈 우유팩을 씻으라고 했다. 빈 우유팩을 씻어 보관해두었다가 휴지와 교환하기 때문에 나는 이 일을 일일이 확인한다.

오늘 운동장에서 우유 두 개를 주워 우유 박스에 섞어놓았는데, 아이들은 달랑 자기 것만 들고 가고 두 개는 그 자리에다 그냥 놓아두었다. 아이들을 불러 가져가게 하려고 복도에 나갔더니, 누가 우유를 뿌려놓았다. 흘리는 것까지는 그렇다 치자. 누가 그랬느냐고 호통을 치면 아무도 그런 사람이 없다. 네 명 중 어느 한 명도 "제가 그랬어요" 하지 않고 이구동성으로, "나는 아닌데요, 니가 그랬지" 하며 일제히 친구 탓을 한다. 정말 얄밉고 분통이 터진다.

맑음

아침에 출근하니 성현이, 유빈이, 선영이, 채훈이가 운동장 고운 햇살 속에서 사방치기를 하며 논다. 풋살구 같다. 아이들은 내가 출근하면 날마다 내 앞으로 쪼르르 달려와 묻는다.

"선생님 밖에서 놀아도 돼요?"

아이들은 날마다 그렇게 묻고 나는 날마다 이렇게 대답한다.

"그래. 조금만 놀다 들어와라."

아이들은 이구동성으로 "우와! 놀다 오래" 하며 운동장으로 흩어진다. 참 좋기도 한 모양이다. 아이들은 이렇게 날마다 재미있게 논다.

　선생을 시작한 지 8년쯤 지나서야 나는 아이들을 보았고, 교육을 알았고, 삶을 알았다. 그리고 아이들 앞에 서서 사는 일을 내 평생의 일로 삼았다. 아름다우리라 생각했다. 살아보니, 그랬다. 때론 헛된 욕심과 사심을 갖기도 했으나 나는 끝내 아이들 앞으로 돌아왔고, 또 떠나지 않았다. 그해 그 겨울, 내가 처음 아이들 앞에 있음을 깊이 깨달았을 때, 내 마음이 환하게 개는 것 같던 환희와 감동을 나는 잊지 못한다. 그때 나는 삶의 그늘을 걷어냈는지도 모른다. 교실 문을 열고 들어서면 아이들이 벌떡 일어나 나에게 아침인사를 한다. 어느 순간 인사를 하는 아이들이 하나하나 독립된 사람으로 보였다. 그전에는 이 세상 아이들 모두 하나였다. 달빛 받으며 흐르는 강물처럼 반짝반짝 빛나던 아이들 모습을 나는 잊지 못한다.

　그후로 나는 아이들에게 열중했다. 내가 진실하면 아이들은 저 멀리서 서서히 내게 다가왔다. 내가 소홀하게 대하면 아이들은 서서히 멀어졌다. 저 멀리 멀어졌다가는 서서히 다가와 지나가는 나를 툭 건드리고, 내 책상 주위를 배회하다가, 내 손을 잡고, 내 어깨에 손을 얹고, 내 등에 올라타던 내 아이들……

　나는 그런 사랑을 맛보며 살았다. 행복이었다. 나는 살아가리라. 이 아이들 곁에서, 아이들의 따사로운 손을 잡고.

김용택의 섬진강 이야기 7

김용택의 교단일기

ⓒ김용택 2013

초판 인쇄 │ 2013년 1월 11일
초판 발행 │ 2013년 1월 18일

지은이 김용택
펴낸이 강병선
책임편집 이연실 │ 편집 주상아 │ 독자모니터 전혜진
디자인 엄혜리 이주영 │ 마케팅 우영희 나해진 김은지
온라인마케팅 김희숙 김상만 이원주 한수진
제작 서동관 김애진 임현식 │ 제작처 영신사

펴낸곳 (주)문학동네
출판등록 1993년 10월 22일 제406-2003-000045호
주소 413-756 경기도 파주시 문발동 파주출판도시 513-8
전자우편 editor@munhak.com │ 대표전화 031)955-8888 │ 팩스 031)955-8855
문의전화 031)955-2660(마케팅) 031)955-2651(편집)
문학동네카페 http://cafe.naver.com/mhdn │ 트위터 @munhakdongne

ISBN 978-89-546-2035-2 04810
      978-89-546-2028-4 04810 (세트)

* 이 책의 판권은 지은이와 문학동네에 있습니다.
  이 책 내용의 전부 또는 일부를 재사용하려면 반드시 양측의 서면 동의를 받아야 합니다.
* 이 도서의 국립중앙도서관 출판시도서목록(CIP)은 e-CIP 홈페이지(http://www.nl.go.kr/
  ecip)와 국가자료공동목록 시스템(http://www.nl.go.kr/kolisnet)에서 이용하실 수 있습니다.
  (CIP제어번호: CIP2013000068)

www.munhak.com